OCEAN
TAIWAN'S Ocean Literature

台灣海洋文學作家
廖鴻基

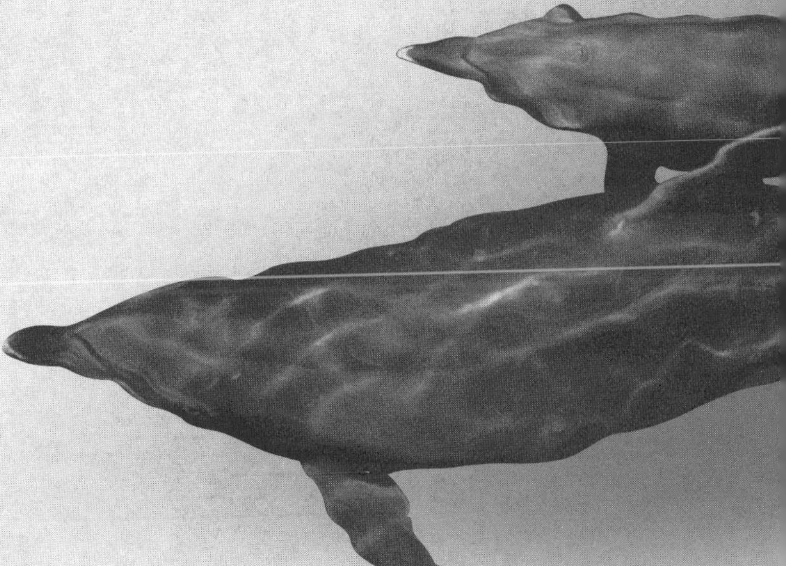

OCEAN
TAIWAN'S Ocean Literature

台灣海洋文學作家
廖鴻基

自然公園 024

討海人

OCEAN
TAIWAN'S Ocean Literature

台灣海洋文學作家
廖鴻基

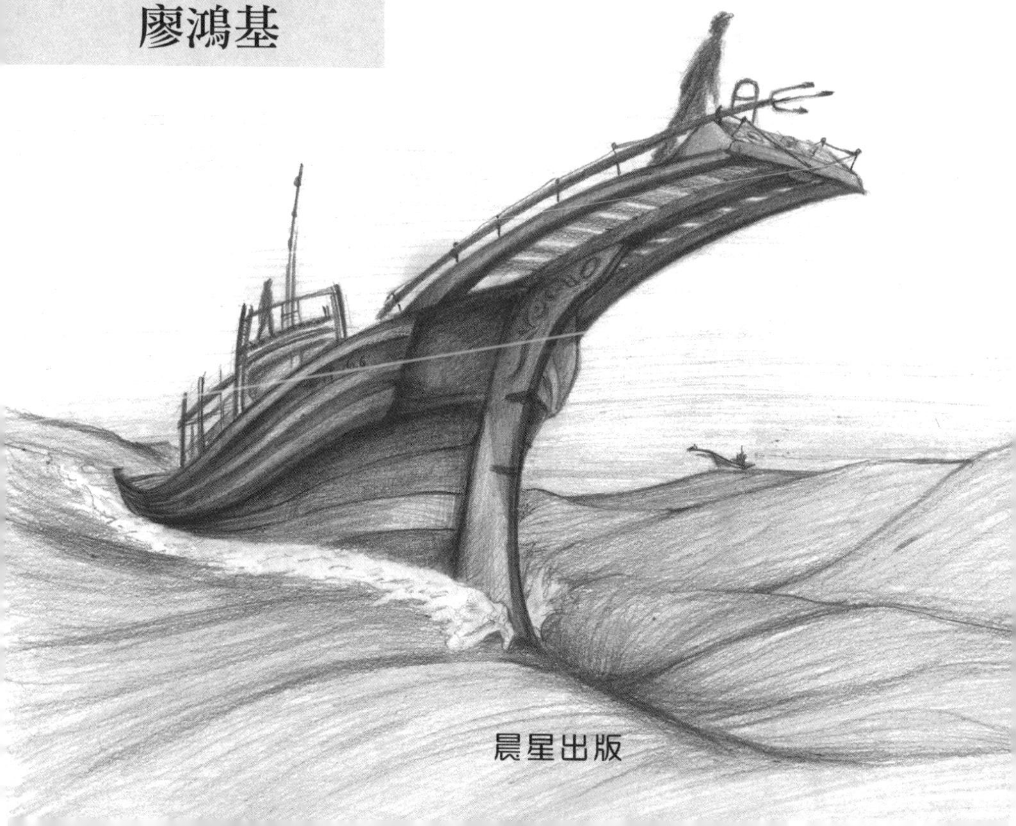

晨星出版

CONTNETS ›

【推薦序】認真／**陳列**／7
【推薦序】演什麼，像什麼／**林琚環**／10
【再版序】轉折而起的關鍵一步／**廖鴻基**／14

鬼頭刀／19
三月三樣三　**一九九六年吳濁流文學獎小說正獎**／33
討海人／49
船難／61
撒網／79
一起／91
鐵魚　**一九九五年時報文學獎散文類評審獎**／101

六月淡季／117
旺盛發／133
夢魚／141
丁挽　一九九三年時報文學獎散文類評審獎／157
海上黃昏／173
魚季結束了／179
討海人的話／191
銀劍月光／203
好頭采／215

評介

翻版的《老人與海》——期待海洋文學／**彭瑞金**／234
鏗鏘擊撞的「鐵魚」／**蔣勳**／241
好的起腳點／**莊信正**／244
我讀〈銀劍月光〉／**潘弘輝**／247

推薦序

認真

陳列

做為一個寫作者，廖鴻基，在台灣文壇上的出現，是一個異數。

他很早就參與政治上的反對陣營，給人的印象卻相當溫雅安靜，絕少與人攀談闊論，且難得見到火氣。互相較為熟識之後，我才斷續地聽他說起過去曾隻身赴南洋受雇養蝦、在花蓮與人合買小竹筏玩票性地出海捕魚、以及假日時候獨自在花東海岸流連漫遊之類與海洋結緣親近的事。都是很精采的、有著獨特個人品味和體會的生活中抉擇和追尋的故事。

大約是從四年多前開始吧，有一長時陣，他於白天擔任縣議員助理的煩雜工作之餘，竟然熱切地寫起文章來，甚且因而經常徹夜不眠。他當時說，他其實並沒有思考這是否就是文學創作，也不操心所謂的寫作技巧，

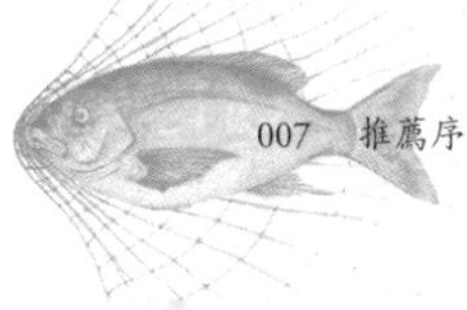

甚至於鮮少閱讀文學作品。

那時候，他雖然這樣地忙碌著，看起來卻總顯得容光煥發，安靜的臉上隱隱顯露著一種不尋常的喜悅樣，似乎有一股莫名的巨大力量一直驅策著他去用文字記述生之經驗中他與海之間的對應和共舞。他努力地讓翻騰湧動於心臆中的潮浪流露出來，同時也使自我得以排解。他快樂地燃燒著自己。

他這樣強烈的寫作動機，著實令人欣羨。這樣的韌性和意志力，這樣的一個素樸的寫作者，他自然地表達著他真實的生活經驗，真情訴說著他對海洋的戀慕、感動和困惑。他沒有舞文弄墨的居心。

然而就在這種不刻意中，他的誠摯實在卻頗具開創性地豐富了散文的領域，豐富了台灣文學的風貌，引帶著我們的視野時而能夠轉向圍繞在我們島嶼四周的寬闊海面上，讓我們偶爾得以看到海洋多樣神祕的呼吸，各種魚類的奧妙生息，得以探觸了島上討海人的生活，他們在海上的奮鬥，他們的尊嚴，並因而擴充了我們的心智。

廖鴻基才剛出發而已。這是他結集出版的第一本書。他目前已成為道地的專業漁人。源自於認真生活的生命力和寫作成果，相信是絕對值得愉快對待和期待的。祝福鴻基。

推薦序

演什麼，像什麼

林琚環

鴻基找我為他的書《討海人》寫序。我一直不敢答應，因為我認為寫序的充分條件應是輩份較高的人、或是具有名望的作家。但是他很堅持，而且一再催促。我只好以一個好朋友的角度來談他。

認識鴻基，是在一場政治活動裡；當時他在一個政治團體裡擔任專職。他很沉默、話極少、總是安安靜靜地做著他的事。這似乎和一般政治圈裡常見的人物表像不大相同。但是，多年來，他的工作態度與辦事效率卻是被大家所讚賞、肯定的。尤其值得一提的是，這個團體極窮，經常發不出員工薪資，最長的一次甚至超過半年，但是生活並不寬裕的鴻基卻從未有任何怨言。

與鴻基相識不久之後，我們曾在環保抗爭的事題上共事一段時日，那時，我們常因一起製作文宣品而交往較為密切。幾次夜裡，工作告一段落時，我們長談了一些彼此的故事。他告訴我，他曾在印尼養蝦，那裡的華人老闆是如何苛刻地對待當地的工人，例如在老闆面前不得挺著身走路；工人吃飯只是一糰飯、一片鹹魚。但是他不理會老闆的規定，買排球、足球跟工人們打成一片。老闆氣得半死；他卻樂得要命。

與鴻基熟識後，和他較常深談的話題不是政治，而是文學與音樂。

第一次賞讀他的作品——一串沒有標題的詩，就被他字裡行間的真純與自然所感動，他的作品中在在呈現出他內心相當豐富的情感。尤其是對他這塊生活的土地和大海。看過他的無心之作，我鼓勵他寫作，而且當晚就送他一堆書和錄音帶，希望能予他一些助益。

他的領悟力很強，學習很快。在他開始寫作之後，他經常拿著他的作

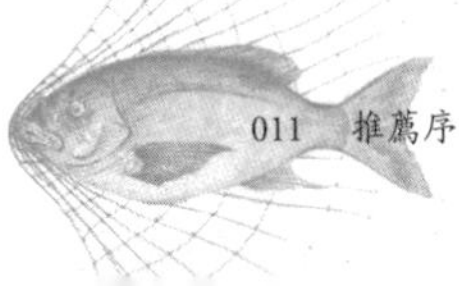

品來和我一起討論，我覺得他像一塊強力的吸水海棉，不斷地吸收來自各個層面、各個角度的衝激。我很意外，他這麼快就能將自已投入寫作的情境裡，而且在短短不到三年，就集結了《討海人》這本書。

我常這樣讚美他：「演什麼，像什麼！」

多年前，我曾為著調查沿海的污染問題，搭乘漁船出海，僅此一趟，我就因為暈船，吐得癱在甲板上，直呼下次不敢了。但是鴻基告訴我，他至少吐了半年多。他熬過來了，他已成為一個真正的討海人。據漁民朋友說，三十歲以後下海猶能待下去的並不多見。更難得的是，他竟能每天在辛苦的海上工作之後，還能寫作。不過，也正因他敢於嘗試、勇於忍受，使他能在那個很少人能夠適應的領域裡生活，並且溶融其中。

雖然，他的作品，文字的使用並不是很純熟、節奏的掌握也有些許的缺點，但是他把海洋及討海人生活的場景樸素的描寫出來，那些真真實實，而我們又相當陌生的世界裡的生活故事，瑕不掩瑜地足以蓋過他技巧的不足。

最後，再次強調，這不是寫序，而只是以一個朋友的角度來介紹鴻基。他真的很天才；他的作品真的很難得、很精彩。

再版序

轉折而起的關鍵一步

那年因緣際會走到海上成為討海人，一半原因是高山大海天然生活環境使然，一半是陸地生活困頓讓我起心動念逃離陸地、逃到海上。大海裡討生活，不比陸地上換工作、換跑道，或許重新適應轉個身就有了新的開始。陸地、海上究竟差異兩個世界，下海成為討海人，整個工作性質大幅改變，生活節奏的、體能的、心理的，繁華轉而孤獨，安定轉而搖晃，這情況下，個人所需承受的內、外在壓力和考驗，如推盪船舷的不息湧浪無一刻終止。而拉著我繼續留在海上生活的主要原因，就是《討海人》這本書裡所呈現的海洋風景、海洋生物，以及在這領域裡討生活的一群討海人。

海洋給過承諾，當通過考驗後，將逐一讓我看見她的精髓寶藏。總是大海給予的誘因，勝過海上生活加諸在我身心的折磨，這讓我有機會從蹲伏的甲板上立起身來。這過程恍如一棵小草站穩了土地冒吐新芽。

才睜開的眼特別明亮，深刻覺得這掙扎而起的經過，不會只是個人歷練而已，或許有必要將這些海洋給的見聞，特別是默默在海上討生活的這群討海人給記錄下來。當時，還給自己繼續留在海上找個藉口，我告訴自己，這輩子至少寫完這一本書，然後，才讓自己回到岸上找個陸地工作恢復「正常」生活。

沒想到越是融於討海生活越是發現，海上值得關注、值得進一步探索的題材，絕不只是《討海人》單一本書所能呈現。一次又一次站上甲板，一趟趟船隻離岸，就像是踩上了一層又一層階梯，眼界被打開了，命運被改變了。從此在海、陸間自在穿梭，從《討海人》以後，我緊抓著筆，在一艘艘不同甲板上記錄一趟趟不同的船痕。

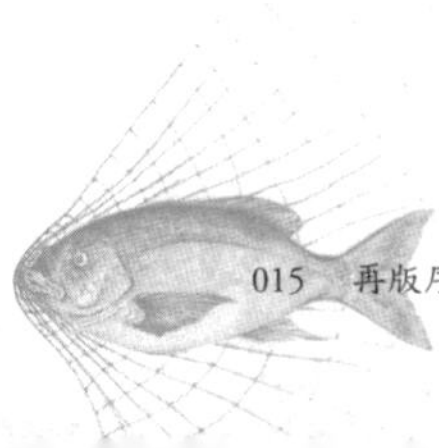

之後接續出版的許多本海洋作品中，其實，《討海人》一直是我心底最放心的一部，不僅僅因為每位書寫者的第一本作品，通常最具原創性、最純粹、也最具個人風格，還因為《討海人》這本書裡有不少篇章得了文學獎的加持。

當收到出版社改版通知時，恰好是寒假期間，原來想，大略修剪即可，但可能是因為寒假裡時間運用較為寬裕，一動手修稿竟然就止不住揮了大刀有些劈砍。原意不動，但字詞中拗扭不順的、贅語贅詞的、矯作不實的、說不清楚的……一一都用了些心力做了修改。顯然，一點也不放心自己將近二十年前的書寫能力。

想想也是，如果對自己二十年前的作品仍點頭稱善的話，恐怕就更值得自己擔心了。

無論如何，這本書記錄了二十年前我們海域裡一群討海人有血有淚的生活故事，對於快速變遷的海洋生態及漁撈，《討海人》記錄了當時東部沿海黑潮流域裡的漁撈情形及生態狀況，對個人來說，這本書記錄了自己生命過程中轉折而起的關鍵一步。

鬼頭刀

海湧伯把漁獲中，
不及巴掌大的小魚放回海裡。
夕陽煥照，紅霞滿天，
船隻落寞回航，
飛魚照樣飛起，
鬼頭刀十分從容，
滿滿盤據住我的視線。

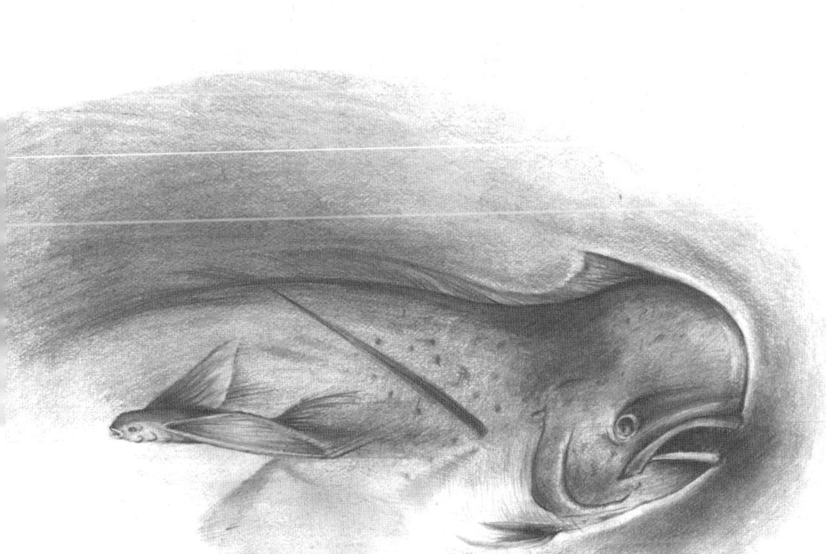

漁船鏗鏘的引擎聲，響徹黎明港灣，破曉晨風迎面吹拂，海上一片霧色茫茫。

船身吃浪起伏，把墨藍海水掘犁成翻花的白浪，東邊天際的雲彩如睡醒的猛獅，伸展著紅彩爪牙，海面波光點點，迤邐匯聚霞紅天際，沿岸路燈串連成彎曲的燈籠，明顯標識著陸地與海洋的區隔。當我想到，除了漁人，很少人能夠在海上探望自己的家鄉，心情就莫名興奮起來。

巍峨靜藍的中央山脈，像一座高大城堡般屏障著山腳下的小小城市。生活四十年的家園，山海夾層中，不過一線扁平的亮白。

四百多年前，當葡萄牙水手航行經過東部海面，曾經忘情高呼「Ilha Formosa！」真是個美麗島嶼啊。同樣位置，同樣讚嘆，卻有不同樣的心情。這個美麗島嶼承載我們的悲傷喜悅，與我們血脈相通，是我們俯仰生活的島嶼，當離開海洋返回陸地，我心裡清楚知道，她的美麗保存了多少？

飛魚衝破海面凌空飛起，像一隻亮白的飛鳥，低空劃過東邊浮出海面的火紅朝陽，飛越了比歡呼聲更持久的距離。一個漂亮的弧線轉彎後，飛魚墜回海中，掌舵的海湧伯說：「飛魚在逃避鬼頭刀的追擊。」

鬼頭刀，果然是海中一把快刀。牠快速的身影從船邊一閃而過，在深邃的波光中閃耀著一身青藍光芒。偶爾，牠會放慢速度，甚或停在船邊，用好奇的龍銀大眼與我在不同的世界裡相互對望。那眼神肆無忌憚，高傲銳利得像把刀。

當飛魚將被追上，驚慌的躍出水面，逃避到另一個空間裡飛翔，水面下，鬼頭刀以牠驚人的爆發力，繼續盯住在空氣中快速拍動翅鰭的飛魚，也算準牠落水的時刻，從容優美的迴身轉彎，把嘴巴特別張大，等待飛魚的歸來。

出海的心情就像那一隻隻躍起的飛魚，逃開陸地上的瑣瑣碎碎，自由的在另一個世界裡翱翔。但是，逃避得了嗎？海洋終究是飛魚生活的家園，就像港灣終究是船筏航行的終點。

漂浮在海面這一方搖擺不定的小小空間，只是個暫時逃避的場所，這片水世界裡，陸地上複雜的人際關係僅存我與海湧伯單純的同舟情誼，剩下的就是人與大自然、人與海洋，那勿須語言，勿須技巧，嚴肅而直接的關係。然而，岸上雖然是那樣的擾攘不安煙塵滾滾，但是，血脈、情感、魂魄都與那塊島嶼

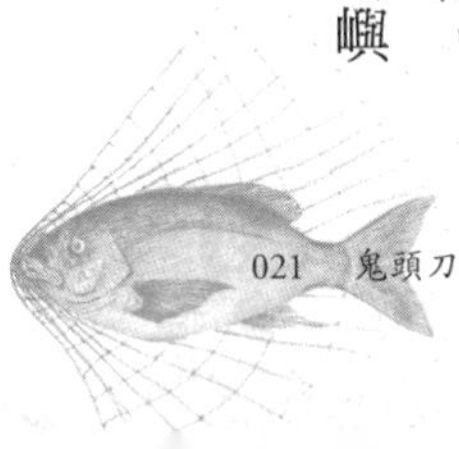

牽絆相連，如同海湧伯常說的：「回去吧！起風了。」

海裡的魚群生性驚惶，只有海豚和鬼頭刀肯大大方方靠近船筏，而牠們又用兩種截然不同的方式跟漁人接觸。

海豚常常跟在船筏邊跳躍，雖然牠們的泳速遠遠高過船筏，但是牠們就那麼俏皮的跟在船筏邊戲耍。

這時，海湧伯會把船舵交給我，也許他的年紀不再合適這樣的遊戲。我會加足馬力，把滿舵，讓船隻急速的壓向跳躍的海豚，海豚會跟著船筏的轉彎而轉彎，仍舊與船筏保持一定的距離在船舷邊跳躍。再把舵搖向另一個方向，讓船筏快速離開，牠們立刻又跟了上來，始終與我們保持一段安全距離。就這樣跟牠們在寬廣的海域蛇行、繞圈子。牠們躍出水面的瞬間，我常看到牠們的眼睛帶著笑容，像一群頑皮的猴子。

那樣友善的接觸，卻始終保持警覺，感覺是溫暖的又有點清冷，不曉得是海豚的聰黠還是漁人的悲哀。

曾經看到一隻躺在魚市場的海豚，牠背上一囊黑色的洞是魚槍標中的痕跡，長嘴下的一排牙齒竟然那麼潔白晶瑩，像極了人類小孩初長成的健康牙齒。

海上遠遠的，時常可以看到一圈激起白色浪花的海面，海豚的背影在其間穿梭跳躍，這是一群海豚正在享用鰹魚大餐。年輕力壯的海豚會分頭追趕一群鰹魚，逐漸把鰹魚群趕入牠們圍住的圈圈裡，讓家族中的老弱婦孺共享大餐。人們也沿用這樣的方法把海豚圍入淺灣中，然後集體屠殺，不為了生活的必要，而像是嫉妒牠們的聰明，或是怨恨牠們的頑皮。

鬼頭刀也會游近船筏，但感覺總是那樣恍然，突然出現又突然失去蹤影。牠游近船筏可沒覺得牠的善意或惡意，僅僅是路過或者因緣際會罷了。牠一點也不在乎船筏的陰影，不在乎船上虎視眈眈的漁人及漁具。偶爾牠會好奇的停下來與你瞪上兩眼，然後從容離開。牠那毫不畏懼的眼神，顯現牠不是智商不足，就是信心十足。

鬼頭刀不同於一般浮游魚類慣用的灰黑保護色調，牠美麗的色彩像極了熱帶雨林中的花彩鸚鵡，不但不驚惶避諱任何注視的目光，反而是驕傲的展現自我的存在。兩片鮮黃胸鰭平衡著青色的流線身軀，像一艘在海洋中悠游翱翔的

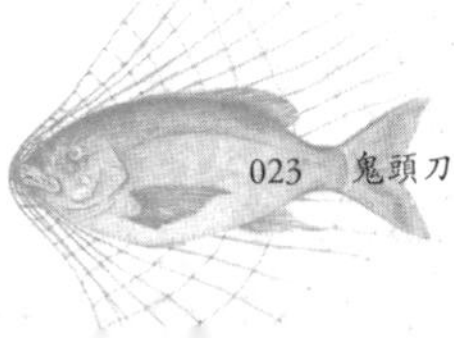

潛艇。牠的背上綴飾著藍色發亮星點，在墨藍的海水中如武士佩戴著勳章般的神氣，也像夜暗星光般的神祕與詭異。

雖然魚市場裡鬼頭刀算是賤價的魚種，但是賣價的高低並不能絲毫減損牠在我心目中的價值。我覺得牠的價值表現在生命上，就像牠身上美麗的色彩與藍色星點，這些美麗，當牠離開海洋離開生命後，立即蒸發似的消逝無蹤。將近五年的海上經驗中，每次看到牠們，我的心情都會像槳葉攪動後的海面般，波波痕痕。

初初下海那年夏天，一個烏雲滿天的傍晚，暴風雨正盤算跟著夜幕來襲，海湧伯把引擎催趕成急迫的回航節奏，船隻在立霧溪海口，一條大魚咬中了我們船尾拖釣的假餌，八十磅的粗線及緩衝用的內胎橡皮瞬間被拉成筆直，時空似乎凍結住了就等候斷裂的一聲巨響，我幾乎是尖叫呼喊著告知駕駛艙裡掌舵的海湧伯。海湧伯緩下船速，回頭看了一眼那條在船後凌空翻跳的大魚，示意我，拉牠上來，而且，並沒有要過來幫忙的意思。

拉扯了半天，那大魚驚人的力量折騰得我掌心都起了水泡。好不容易將牠拉近船尾，牠也似乎認命了，終於安靜下來停止跳躍。這時，我清楚看到水面下這條巨大的鬼頭刀，粉紅色的假餌斜掛在牠嘴角，拉靠近船邊的最後這一刻，牠游水的姿態竟然還十分從容。牠充滿自信的緩緩游向左側，用牠大大的左眼狠狠瞪我，那眼神毫無畏懼而且十分的不在乎，然後又悠閒的游向右方，右眼一樣對我射出倨傲的神采。

當牠背上藍色明亮的星狀光點迷惑在我瞳孔上時，一股強烈的意識瞬間進入我的腦中，清楚的告訴我：「你已經失去了這條魚！」

最後在提牠上船的剎那，牠甩了甩頭，輕易的就扯斷了我手中的漁線。

握著繩頭，我悵惘的站在船尾，背後的海湧伯清楚看到了這場拉扯，他用諷笑的語調說：「幹，未戰就先軟，免講嘛牽伊未起。回去吧，起風了。」引擎再度恢復急迫的節奏，一下下沉痛的撞擊我心。

我的夢裡，開始出現跟鬼頭刀搏鬥的場景，那倨傲桀驁的眼神經常壓迫著我的夢。一遍又一遍，我撫摸著銳利的漁鉤，一遍又一遍，我把鮮豔的假餌提在眼前晃動。這段日子，我時常幻覺進入鬼頭刀牠的眼、牠的心，終日沉浸悠

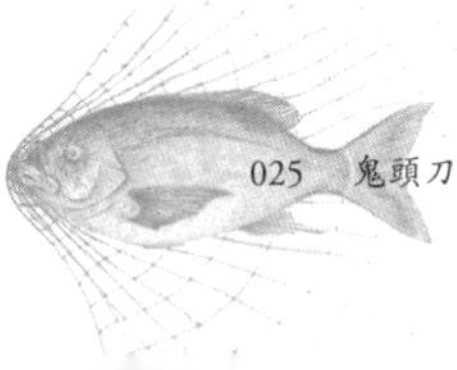

游在藍色冰涼的海水中，我抬眼看著船筏底部的黑色陰影在我頭上的海面光影中滑行而過，槳葉打出一團翻滾的白色泡沫，保持深度，我靜靜的等待，等待泡沫後那隻跟在船後游動的鮮美目標。

來了，衝過去！大大的張開嘴，狠狠的咬下去……

咬下去剎那，意識又瞬間轉換到船上拉緊漁線的討海人，正強烈的感受鬼頭刀中鉤後強勁拉扯的抖動。從海中的鬼頭刀到海面上拉線的漁人，我的精神陷入這樣的輪迴中，一遍遍的反覆演練，從不疲倦。

鬥志逐漸被激發成激昂的獸性，等待牠再度出現的心每一次伴隨著我出海。這段期間，海湧伯看出我的沉默及我眼中燃燒的火炬，卻始終不曾為我說一句鼓勵的話，也許他期待的是一場公平的戰爭，或者，期待一堂漁人入門的必修課程。

記得在一個月圓的午夜，我們在洄瀾灣拖釣白帶魚，月光在雲隙間穿梭，海面上幻照著明明滅滅光點。海流突然湍急得像岸上大溪的激流，一層淡淡的霧靄逐漸浮出水面，船隻來回走了兩趟，漁汛突然完全中止，一切漁場的生命現象突然消逝無蹤。駕駛台上二十燭光的燈泡搖搖晃晃，昏黃搖擺的光影照出海湧伯不尋常的嚴肅表情。

詭譎氛圍中，似乎一切聲音也隨著靜默中止，海湧伯突然跳起來，朝著燈影外漆黑的海洋大聲叫罵，那最難聽最不堪入耳的髒話沒有間斷的從海湧伯嘴裡大聲幹了出去。海湧伯異常的舉止和他凶煞的表情，使我毛髮悚然內心害怕極了。海湧伯吼盡了力氣用完了所有罵人的詞彙，一句話不說，跳到船尾揮刀砍斷了拖在船尾的所有漁線，整個人像洩了氣的氣球般，急急迴轉船身奔回港口。

直到上了岸，天氣大變，風雨交加。回家路上海湧伯才悄然告訴我，剛才他看到一個穿白衣的人影在海面上行走，一直走向我們船隻。海湧伯說在海上看到這種「東西」，一定要開口大聲罵，罵到這「東西」轉頭離去為止。

海洋像一面鏡子，直接反射天空裡的風雲變化，一個小小鋒面就能把原本平靜的海面翻臉般掀起一股股波動的山丘，千百里外一個颱風的稍稍接近，也能長鞭揮舞似的，使沿岸海域翻滾成瘋狂的巨濤。而船隻只是小小一片浮在這

善變的海洋上頭，漁人更只是這小小一片上小小的一個點罷了。漁人與海洋的關係，條件上並沒有人本的位置和任何的信心基礎，因而漁人往往必須仰賴鬼神傳說，仰賴開口閉口的粗話來平衡一下放棄一切即刻逃回陸地的退縮行為及心情。

遠山浮雲，飛鳥波濤，海面上的一切是我們習慣了的亮麗世界。薄薄一面之隔的海面底下，那鬼頭刀浮沉的空間，是漁人視覺不可及的未知世界。一個個餌鉤沉下水面，就像沉下一個個倒懸的問號，而答案往往是從零到無窮，甚或常常連問號也無法收回。這是在放下餌鉤或撒網當初誰也無法預知的結果。所以漁人必須學會承受不自主的命運，學會等待、落空、失望，或者學會如何承受難堪的狂喜。

海洋那般嚴格的試煉漁人的原始動物性格，卻又不斷的誘惑漁人下海的勇氣，如潮汐的漲退般，漁人宿命的在充滿希望與絕望的空隙間擺盪。

跟鬼頭刀纏鬥的意志如能量般累積在我的胸腔。船筏一次次的在立霧溪海口巡弋，也一次次的落空失望。感覺上鬼頭刀似乎隱藏在海面下的某個角落窺視著我們，那幽靈般藍色的發亮星點似乎環繞在船隻四周，而又在我興奮的跳躍起來後消失無蹤。海上的日子在苦悶的等待中彷彿海水的味道，鹹鹹苦苦的。偶爾低空貼浪覓食的海鳥，常被我誤以為是躍出水面的飛魚而興奮起來，而很快又失望的灰暗下來。

　　鬼頭刀是少數兩性表徵明顯的魚類，公魚額頭高聳如一聳崖壁，就像頭上頂著一把劈水的刀斧，像公牛隆起的肩或雄獅威風的鬃鬣及吼叫；母魚全身體型修長圓潤，連眼神都帶著幾許溫柔。「鬼頭刀」這樣的名稱似乎是來自公魚的威容，漁人又稱牠為「飛烏虎」，從「鬼」、「刀」、「虎」這三個字，足以形容鬼頭刀在漁人眼中是如此神祕、銳利及凶猛。

　　同樣時間、同樣地點、同樣場景，船尾的漁線再度被拉成筆直，大約船後一百米處，中鉤的鬼頭刀不斷的騰躍到空中，又重重的摔滾在水面上。我用興奮得幾乎顫抖的聲音，呼喊海湧伯放慢船速，多日來等待的抑鬱都在中魚的瞬間明朗起來。如同長久沉浸的幻影中那般熟練的姿態，我雙膝頂住船尾板，手中緊緊的握住漁線，心裡充滿自信的告訴自己：決戰的時刻終於來了。

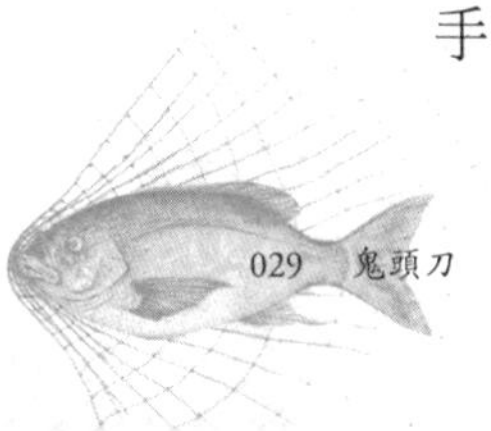

一把、一把，隨著牠跳躍的節奏，我順勢收線，我嘴裡咕噥著海湧伯不堪入耳的髒話，比鬼頭刀更威猛的氣勢下，我可以想像背後海湧伯讚許點頭的微笑。

已經收回了大約五十米漁線，牠再度躍出水面，這時，我竟然看到是兩隻鬼頭刀一起跳出水面。我想，大概是眼裡的戰鬥火花模糊了我的視覺，用袖口用力抹了抹眼角……沒看錯，確定是兩條鬼頭刀沒錯，而且，兩條魚幾乎是頭靠著頭身體貼著身體一起躍出水面。

這到底是什麼情況？在我牢不可破的戰鬥心情中，滲入了一絲問號。

並未放鬆我收線的手，一口氣再拉進三十米漁線，兩隻鬼頭刀仍然一起躍起，一起摔下，一起游在水裡。這樣的距離已經可以確定，中鉤的只有其中一隻，而另一隻是完全自由的。

為什麼會這樣呢？第二個問號重重的打進我的意志中。

再拉近十多米，這場鬥爭似乎已近尾聲。現在，我可以清楚看到，中鉤的是一隻母魚，而陪她一起摔滾的是一隻公魚。母魚游向左方，公魚也貼著身游向左邊，那親密的距離彷彿是在耳邊叮嚀、耳邊安慰。尤其當我看到那公魚的眼神，不再是記憶中的倨傲從容，而是無限的悲傷、痛苦或者柔情。

那眼神似乎在說話：「讓我分擔妳的痛苦，我願意與妳同生共死，陪伴妳到最後。」當牠們背上的藍色光點一起躍進我的眼裡，啊，竟然那麼刺眼、那麼光亮。

海湧伯似乎察覺到了我逐漸鬆垮的臂膀，不知什麼時候已站立在我的身旁，我感覺到他在我的耳邊說：「閉起眼吧！如果當做一場爭鬥，就該忘掉感情……」

高傲美麗而且多情的鬼頭刀啊，如果是岸上的鬥爭我絕不遲疑，因為在岸上的世界，溫情就是懦弱就是包袱，但，我心裡的這片海原本多情，為這美麗的魚和這美麗的情意，這場景畢竟人間少見，我捨不得閉眼。

堅持的肩膀很快的完全鬆垮了，手臂不再有力。把岸上的鬥爭習性帶來海洋，原本就是我最大的錯誤。

海湧伯撿起折斷了的魚鉤說：「這不是普通的力量。」

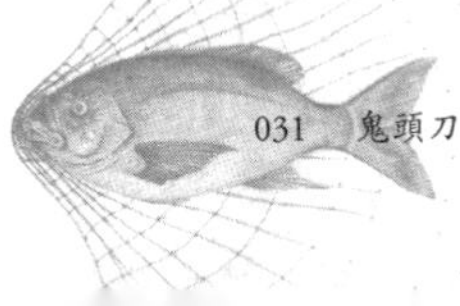

從此，我們的漁獲一直不好，海湧伯開始把漁獲中不及巴掌大的小魚放回海裡，在年輕人紛紛上岸另謀發展的此時，我們下海的腳步更加勤快。

夕陽煥照，紅霞滿天，船隻落寞回航，蓊鬱遠山以其恆古不變的姿態橫亙浪緣，飛魚照樣飛起，照樣衝落，鬼頭刀十分從容，滿滿盤據住我的視線、我的胸膛，牠身上的藍色亮點將持久在我內心裡不息閃耀。

三月三樣三

「三月三樣三」，
是海湧伯對這個季節的形容。
這時節，受滯留鋒影響，
沿海海域時而風平浪靜，
時而波濤洶湧，
這時節的天候和海況幾近變幻無常。

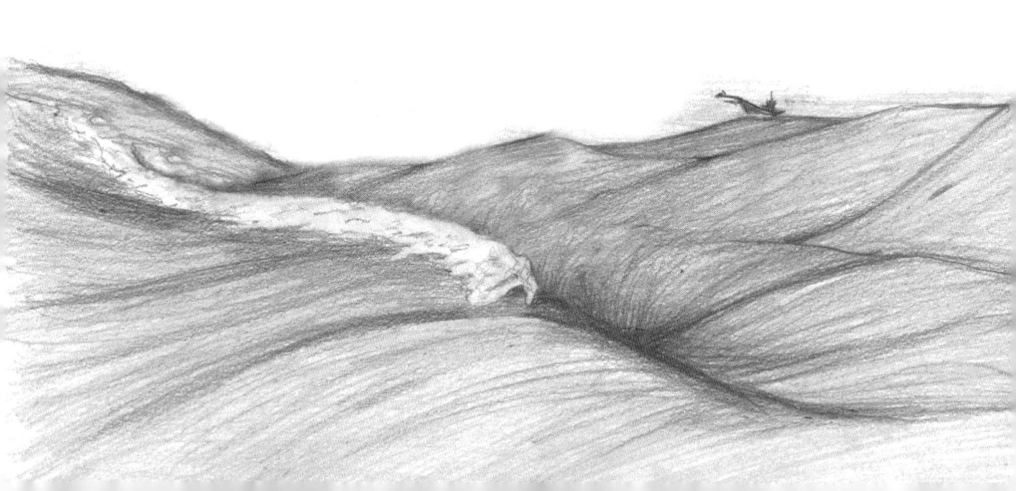

晨風吹起，光點噴霧般在夜幕上翻灑而出，曙光在遠遠天邊撐開了天空和海洋的明顯界線，海面浮現少許亮點。舷邊傳來陣陣水聲，引擎奏響黎明節拍，每一聲響都在翻轉著整片海洋景觀。

桅杆上的燈號仍然亮著，天空顏色黑裡透藍，星點稀微，遠山濛濛浮現，天邊雲彩從暗紅、鮮紅轉而橙紅熾熱，海面薄霧籠罩，時間似乎被攪進瞬變的漩渦裡而飛奔無常。「三月三樣三」，是海湧伯對這個季節的形容，這時節，大陸冷氣團日漸萎縮，海洋溼熱氣團西向漸進，兩個氣團勢均力敵在台灣上空拉鋸徘徊，形成滯留鋒。受這道滯留鋒影響，沿海海域時而風平浪靜，時而波濤洶湧，這時節的天候和海況幾近變幻無常。

船身左旋騎越一脈水丘，海湧伯轉頭吐掉菸嘴，船頭打直，船尖逆著曙光破浪前進。半跪在艉甲板上，我開始將一簍色彩鮮艷的假餌一個個謹慎小心的拋下船尾。海湧伯不時回過頭來，他嚴苛的眼神如破曉時的清冷天光。

那年，我蹲在船尾放餌，一串餌放到一半，一群齒鰆（討海人俗稱「煙仔虎」）過來搶食，一股下沉力道拖直了漁繩。我兩掌盤住母繩，膝蓋使勁頂住船尾板，高聲大喊：「吃餌了！吃餌了！」如千斤鐵錨拉住手腕，漁繩手銬般牢牢扣住我的雙手。煙仔虎一陣使勁，漁繩催緊，我看著透明漁繩上游閃著鋒利刀芒，漁繩變成一把利刃磨切我的手掌。海湧伯即時退開引擎，彈跳過來揮刀砍斷漁繩；他說：「海上，咱無硬碰硬的本錢。」

船頭掘犁海面，翻溢出箭頭樣的兩道白沫，船尖直指天邊一道若隱若現的暗色海流，曙光迎面拂照，海湧伯臉上敷著一層霞紅光澤，斜傾晨光像一把雕刻刀，鏤刻出海湧伯黧黑臉龐上凹凸深刻的皺紋。

船隻駛近黑潮邊緣，前方海面上橫亙著一道迤邐蜿蜒色澤分明的流界線，千百隻瓣足鷸像戍守疆界的衛兵，沿著流界線排成彎彎曲曲的一串。褐色水藻潛浮水面，像一塊塊不受歡迎的破布，被兩種顏色的海流推來擠去。淺色海水這邊，波紋細如疙瘩，似在畏縮退卻，墨藍水色那頭，波浪洶湧起伏，似蘊含著無限動力推壓過來，流水交接處，水波聳揚顫動，發出細微窣嗦聲、喟嘆聲，似兩性海流在這裡纏綿交融。海湧伯指著海面這道流界線說：「這就是海洋生命線。」

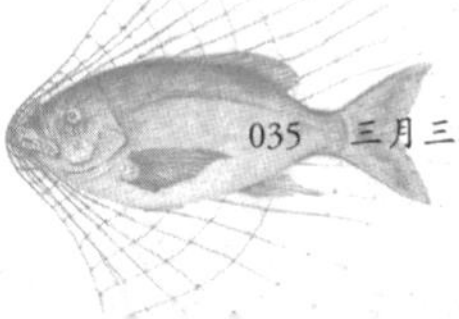

海湧伯急轉船身，船尖如犁頭犁向那停在水面的成串鰷足鷸。水鳥紛紛驚起，翻身越過船桅，又匆匆斜翅落回艉後白沫裡。牠們浮在水面的身子左右搖擺，嘴喙急急點向海面，搶食被船槳翻攪至水面的浮游生物。牠們仍然列隊成串浮在海流交界線上，似海面閃閃發亮的一條珍珠項鍊。

斜插出兩側船舷外的長竹竿，拖住成串假餌飛奔，引擎節奏迫切高亢，長竿左右擦浪起伏，似船隻揚起雙翼正在做起飛前的衝刺。海湧伯從駕駛台上下來，站立甲板上操縱舵柄。流界線是個指標，標示著海面下熱鬧滾滾的生命現象。海湧伯知道，成群煙仔虎就在附近。

北方天際攏聚一片暗紫雲靄，如提在晴空中緩緩前行的暗色簾幕。體型碩大的白腹鰹鳥，三兩成群比翼滑翔浪頭，當牠們發現獵物，往往長翅後縮，頸項長伸，全身化作一支箭簇，猛烈射向水波裡。幾道銀灰背鰭劃過浪峰浮現左舷外，十數隻討海人稱做「和尚頭」的花紋海豚，漸次露出圓鈍額頭穩穩游過船邊。

海湧伯似乎從這些海面景象得到啟示，急急左傾船身，切入黑色流水裡。

暗紫色雲團逐漸接近，墨藍潮水盪溢出白色水花，半邊天空漸漸被灰雲盤據。沉沉暗紫瀰漫，水色凝重，一道金黃亮光忽而擎天獨立，從雲縫間隙投射光束圈照海面，彷彿天神撥雲窺探，從雲端舉著燈火探照海面。聳浪湧起，片斷光線受飄動雲霧搧擺，海面出現詭譎光影。

一線晶瑩綠光浮顯浪緣。

那剔透如玉的綠光閃現在浪峰端頂，隨湧浪堅定的往前湧動，持續數秒鐘後又隨湧浪覆沒而瞬間消逝。就那短短數秒鐘過後，我轉頭看海湧伯，海湧伯也正好轉頭看我。我感覺到，這閃現的綠光是海洋想告訴我們什麼。

是否海洋的無窮驚奇和海洋的精髓寶藏就要現身？

去年，也是這個季節，我們同樣出海拖釣煙仔虎，那年我第一次見到綠光，記得當綠光消失後，兩道灰色背鰭出乎意外的近距離出現右舷海面，海湧伯反射反應立即緩了緩引擎，看清楚是一群海豚後，海湧伯打算左轉船隻離開，不料左前又湧現一群，船身左右兩側和船頭船尾陸續出現數百隻海豚，海湧伯退開引擎，船隻停住，船隻被一大群海豚團團圍住。

左舷外，一隻海豚破浪而起衝向天空，牠身子淩空旋轉數圈後悠然落水，那是名叫「飛旋海豚」；一種很頑皮的海豚；正圍住船隻戲耍。接二連三，像是競技，一隻躍起飛旋，隨後三四隻接著飛起，兩圈不夠，兩圈半、三圈……也有索興在空中翻觔斗的，還有幾隻跳起幾乎與船桅等高，隨興像一根根拋在空中翻滾旋轉的木棍。海面是舞台，只有我和海湧伯是觀眾，一場壯觀的海洋舞蹈在我們眼前立體演出。我坐在船尾板上隨海豚的每一個起落大聲鼓掌歡叫，牠們似乎也為這喝采盡興盡力的演出，我彷彿聽到一陣陣小孩的嘻笑聲摻雜在嘩啦啦的戲水聲中。

綠光的出現告訴我們，這是一片富饒海洋。

海湧伯操船盤旋，油門催緊，他眉間凝出幾道皺紋，那是海湧伯充滿自信的神情。

果然，兩側長竿「咿呀！」一聲脆響，竿頭同時往船後甩去，兩隻長竿瞬間繃屈成不勝負荷的弓弧狀，用來緩衝拉力的內胎橡皮，扯長成即將斷裂的纖細模樣，原本垂在水裡的鉛條，勃起般挺舉水面。

海湧伯口裡高聲吶喊著：「犁囉、犁囉……」把引擎推至頂端，濃密黑煙汩汩從排氣孔湧出。我張開大口「啊——」一聲長喊而竟無法收攏，眼皮顫跳，拳心握出汗水，我想，這一切一定需要個句點來收束（我等候漁繩突然綳斷的剎那），我有著將要休克的感覺。

時空似乎停滯住了，長竿、漁繩、引擎和心情，都把張力扯到了極限而失去彈性。

海湧伯仍然「犁囉、犁囉……」喊個不停，就像拔河比賽到了最後關頭，不顧一切的嘶嚎拚命。

豆仁大的雨點簌簌撲落，鋒面逆轉吞噬了黎明晴空，灰雲沉著低垂，海面受雨點擊打濺起坑坑水花，似一片插滿灰色秧苗的稻田。水色暗沉，波浪汩動，船隻恍若置身大洪流裡的一片枯葉。

堅挺的兩根漁繩持續抽顫著，嘶吼叫囂的引擎已經止住。海湧伯離開駕駛艙，丟過來一雙工作手套，嘴角帶著一抹笑容，用沙啞的聲音對我說：「少年家，拉魚囉。」那是海湧伯難得一見的笑容。

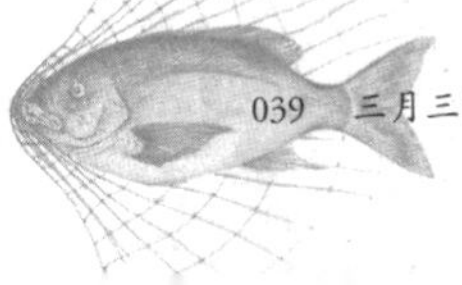

一邊拉魚海湧伯一邊說，煙仔虎是一群飢餓的狼，當船隻拖動的假餌在狼群附近游動，狼群首領必當身先士卒衝過來一口咬住餌鉤，若船隻在這時停止或放慢，上鉤這匹狼掙扎的模樣會警惕其牠狼群不要靠近，所以狼匹一吃餌，船隻便要加速急走，讓上鉤的這匹狼像在追擊餌食，整個狼群就會爭先恐後瘋狂盲目的隨後追食過來，像一群飢餓的狼。

有一次天氣晴朗，船隻在海域裡搜索半天，離岸已經有段距離，竟然沒看見流界線蹤影，海面平和，看不出任何顯示煙仔虎存在的跡象。海上茫茫杳杳，船隻四處巡尋如在海中撈針，海湧伯爬上船隻塔台上駕駛，我坐在船尾看著聳湧白沫發呆，這一趟看似無指望了。

沒料到海湧伯突然手指前方高聲大喊：「拍花啦，看吶，拍花啦。」引擎隨即高聲擂起，船身急轉，我順著船尖望去，前頭海面上，像水滾開了樣，現出一大片白花花滾浪。

船隻逐漸逼近。

那圈滾浪是由一大群苦蚵魚爭先恐後跳出水面所造成，苦蚵魚群歇斯底里四處亂竄，慌亂的模樣像在逃命。

一隻苦蚵魚躍起空中，小魚縱身搖擺，賣力的想延遲在空中逗留的時間，小小眼珠子裡閃著水光。一匹狼，一尾煙仔虎倏地衝出水面，以和小苦蚵魚不成比例的勁道破浪躍起。煙仔虎彎腰、曲身、扭擺硬尾，每一個動作都展現驚嘆號的架式，以迅雷速度凌空咬住小苦蚵魚。

小苦蚵魚露出在煙仔虎嘴角的半截身子，仍奮力搖擺顫抖著。

「噗通」一聲，一陣水花埋葬了小苦蚵魚。

為了逃避煙仔虎襲擊，苦蚵魚在海面「拍花」。遠遠望去，像苦蚵魚群在蒼茫大海中舉出旗幟賣力招搖，發出的一片求救信號，也像是為了告知水面上的漁船，趕快來，趕快來，煙仔虎在這裡。

海湧伯陰陰淺笑，飛速將船頭輾過海面那圈滾白，兩舷側長竿著魔樣的即刻往後拋甩，引擊雷鳴。

我和海湧伯合力將一串煙仔虎拖近船尾，這群煙仔虎被船隻衝刺拖累後已露出疲態，成串煙仔虎半翻著身子隱隱浮出水面，漁繩末端仍有幾隻煙仔虎做

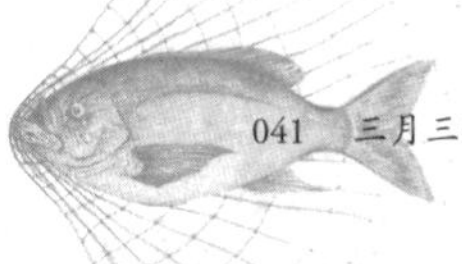

最後苦鬥，拉住繩端左右迴擺衝撞。

雨水粗獷的落著，衣衫全溼透了緊緊貼黏皮膚，我和海湧伯在艉甲板上使勁挽拉整串煙仔虎，胸膛裡燃燒著就要豐收的一團烈火。

船尾不知何時閒聚了幾隻黑鯖河魨，牠們肥胖的身軀在波影裡游閃著，顫動的兩片胸鰭賣力維持著等待的姿勢。

海湧伯皺了皺眉頭，加緊收繩動作。

「幹，死人牙齒。」終於忍不住，海湧伯狠狠罵了一句。

我騰空一隻手抓住長鉤桿，一下下戳向水裡，想趕走這幾隻圍觀的河魨。牠們狀似遲鈍，動作卻十分敏捷，長桿子才落水，水波一閃，河魨機靈的竄開到長桿子鉤不著的距離，仍然那副笨拙等候的模樣。

河魨小心翼翼，步步進逼，而且越聚越多，我一邊拉魚一邊不停的用嫌惡的眼角瞪視牠們。看著牠們，我老是連想到豺狼、老鼠、蒼蠅或蛆蟲，尤其牠們那群集伺機而動的等待，讓我感到陰險，真像是一群膽小的惡魔擁擠成一塊並一起發出訕笑的醜陋嘴臉。

黑鯖河魨，海湧伯老是叫牠們「死人牙齒」，不曉得從哪裡來，牠們總是適時出現在漁人收魚的關鍵時刻。有一次，我們用圍網撈住一群鰹魚，從收網機吃力的運轉，我們愉悅的想像魚兒滿艙的豐收場景，漁網緩緩從水裡拉起，網袋即將浮現。

一陣聳動水波忽然從船尾激盪開來，如千百隻網底鰹魚突然掙脫束縛急急逃竄奔命，只見海面上魚背紛紛蠢動，似在搶食、爭鬥。海湧伯臉色大變，船尾海面浮起一片血紅。

非但鰹魚沒上來，連網袋也被大群河魨咬成稀爛。海湧伯頹喪的抓起無線話機，洩恨般罵了出來：「幹，死人牙齒，最少也讓我看看鰹魚生做什麼款。」話機那頭靜悄悄的無人答話。

死人牙齒們謹慎小心的圍攏過來，掛在漁繩上的煙仔虎們仍然持續掙扎翻騰，河魨不敢貿然進犯，但牠們清楚曉得，中鉤的煙仔虎已然失去虎威，時間終將熄滅煙仔虎最終氣力，牠們只需等待。

這群河魨根本漠視漁船的存在，漠視煙仔虎的垂死掙扎，而只用等待就要

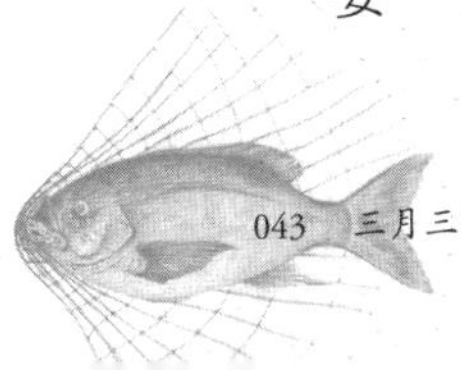

來收割戰果。

等待也是一種殘忍，無論對已經處在生命邊緣的煙仔虎，或是對在海面上焦急揮汗的討海人。

海湧伯兩手交錯使勁，凶狂收回漁繩。雨勢轉弱，纖纖雨線若遊絲飄在風裡。

大隊河魨圍攏在最先到達船尾的那條煙仔虎四周，牠們隨著收繩的律動在水波裡規律的擺舞，像盛宴前的舞會。煙仔虎似是不甘心淪落被河魨糾纏，翻身甩動尾鰭，海面拍出水花。漁鉤鉤住煙仔虎上頷，漁繩又牢握在海湧伯手裡，煙仔虎只能有限度下潛及不住打轉。這群河魨耗子樣的緊追煙仔虎身後打轉，追在最前頭體型較大的幾隻河魨，皺了皺嘴唇，露出血鉗樣饑渴的森森利牙。

海湧伯已顧不得用力過猛會使煙仔虎脫鉤，他俯趴在船尾板，單手奮力一提，這條煙仔虎的圈轉即刻收束到圓心。煙仔虎被提離水面，最大的那隻河魨緊抓住這場拉拔的最後一刻，飛撲過來，張開大口，緊緊咬住這尾煙仔虎尾柄。

這條煙仔虎被海湧伯提摔到甲板上，這隻河魨仍死命咬住不放，和煙仔虎一起在甲板上翻跳。

水裡河魨群眼睜睜看著目標獵物消失，毫不遲疑識途老馬似的，立刻折身往第二尾煙仔虎衝去。第二尾煙仔虎已被圈圍成密密麻麻灰撲撲一團。這尾煙仔虎顯然已經困頓疲憊，翻出白腹橫躺水面，露出水面上的胸鰭只微微顫動著，似在做最後無助的抗議。

幾隻河魨同時發難，衝上前去啃住煙仔虎尾部，牠們全身大弧顫擺撕扯，咬扯掉一塊肉後，河魨警戒的轉身就跑。大隊河魨見煙仔虎沒有反擊，大舉撲進，像二次太平洋大戰中日本零式自殺機，飛身撞擊煙仔虎這艘已經停擺了的航艦。

來不及了，來不及了，海湧伯大聲喝斥，一連串不堪入耳的髒話被海湧伯一下子傾盆幹出。海湧伯額頭青筋曲扭，胳臂肌肉糾結，像急著為海洋這塊偌大的藍布絨抽絲，奮猛錯亂的從海面抽拉出漁繩。

我舉起長棍，對準黑壓壓糾纏成一團的河魨猛力敲打。河魨似是奮不顧身，像蛆蟲般湧滾在煙仔虎身上，牠們湧動搶食激起的水花比我的敲打更形激烈。

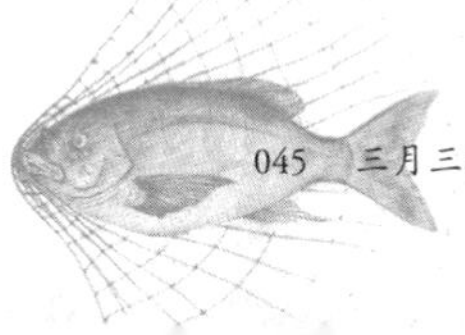

有幾隻河魨被我擊中，翻身痙攣著盤旋下沉。大多數河魨依舊瘋狂搶食，把船尾海面翻騰如滾燙的油鍋。

這條煙仔虎像中彈著火般，曳拖著一團猩紅血霧。

第二隻煙仔虎被提上甲板，只剩一顆頭顱和半截身軀。第三隻煙仔虎，只剩一顆頭顱連接一條血肉模糊的骨排。我們心裡明白，接下去的還能剩下什麼。

雨點再度狂暴，斜風夾帶雨滴撲打在船頂上，發出撕裂破布樣的噗噗聲，海面一片蒼茫。

艉甲板上凌亂糾結的漁繩裡，橫七豎八掛著煙仔虎魚頭、魚骨和血肉破敗的魚身。唯一一條全身完整的煙仔虎，已經停止抽搐，冰冷瑟縮在甲板角落，咬在牠尾柄上的那條河魨，仍然死命咬住沒有放鬆，睜著大眼在煙仔虎墳場般的船尾甲板上姍姍蠕動。

海湧伯猶豫著緩緩啟動引擎，他抓起駕駛台上的無線話機，滂沱大雨中聽不清海湧伯低頭跟誰說了些什麼。

我半跪在艉甲板上收拾殘局，不時回頭注意海湧伯臉色，始終提不起勇氣走進駕駛艙內避雨。

浪花迎面澆灌，船隻前行，繼續搜尋下一個流界線，下一個滾白拍花，或下一個奇蹟樣的綠光。

在「三月三樣三」這樣多變的季候，海湧伯並沒有打算放棄遭遇下一個變局的機會。

離開前個戰場一陣子後，海湧伯想起什麼似的，回過頭來苦笑著對我說：「少年家，假餌放下去吧！」

——一九九六年吳濁流文學獎小說正獎

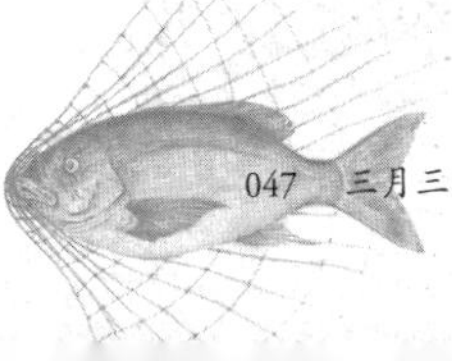

討海人

每次海湧伯在船上對我說：
「起來去啊——」
我就知道
可以收拾收拾準備回航了。
海洋，
是個沒有門的領域，
開敞著任討海人來來去去。

討海人通常把出海打魚叫「下來」，把上岸回航稱為「上去」，每次海湧伯在船上對我說：「起來去啊——」我就知道可以收拾收拾準備回航了。

海洋是個沒有門的領域，開敞著任討海人來來去去。

●阿溪

去年秋末，有一次我和海湧伯開船回港，船隻剛轉進船渠，我們看到阿溪在他船上。阿溪的船在碼頭綁了四個多月，船底長滿青苔和藤壺，船板乾燥成枯白顏色。海湧伯隔著一艘船距離高喊著和阿溪打招呼：「阿溪仔，真久沒看到，那有閒下來。」

四個多月前，阿溪在飯店任職的朋友介紹他到一家新開張的觀光飯店洗衣房工作。當時，阿溪可能是討海厭倦了，他說：「四十多年了，沒想到還有機會上去工作。」他把船隻牢牢綁在碼頭，上班去了。

海上作業得空，阿溪很擅長用船上無線話機和其他船隻講些風花雪月的往事，自從他上岸工作後，海上話機單調沉靜了許久。

「幹——」沒想到阿溪用忿忿不平的聲調回應海湧伯的招呼。

我和海湧伯把船繫好後攀到阿溪舷邊，想聽聽他到底什麼事不平。

「幹——嬒合啦，那有中午吃一下飯嘛要打卡。」阿溪一邊整理釣絲一邊說：「稍稍坐下來休喘一下，領班目睭就晶晶看，干吶欠他幾百萬咧；」他解開船纜繼續說：「喫一下檳榔嘛要管小管鼻，什麼驚檳榔汁啐到床巾，什麼觀光飯店喫檳榔嘸好看，幹——干吶咱這款人無配在大飯店做工。」

阿溪發動引擎，大股黑煙從排氣管憤憤噴出，像是把四個月岸上累積的鬱卒終於暢快嘔了出來。船隻擺脫港堤束縛，輕快滑行出去。隔一艘船距離，阿溪回頭對我們嚷著：「辭辭掉，辭辭掉，下來討海卡自由啦。」

那年年底，阿溪三流水討了十幾條旗魚，三趟海賺了將近二十萬元。海上話機傳來阿溪活轉過來的聲音：「有錢賺、有面子，又免人管，四個月干吶被網子網死在埔仔頂，下來討海卡贏啦。」

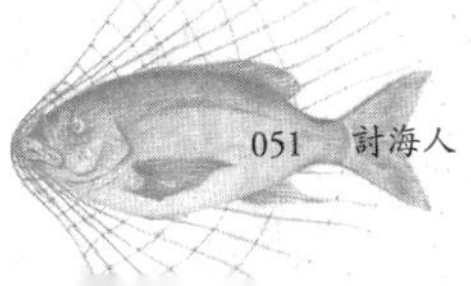

●明財

明財船上的無線話機老是故障，和他通話時聲音斷斷續續雜音很多，也常常叫他叫了半天都不回應。有人嘲諷著說：「明財仔，話機拿到下去海裡漬漬洗洗咧看會卡清嘸。」也有人正經建議他說：「魚仔掠嚇多，換一台話機嘛嘸過分。」

明財總是笑著回應說：「這趟上去就要去修理了。」

明財說要修理話機不曉得說了幾回，但是從來沒一次認真修好過。他在海上不愛講話，才四十出頭，就一副老討海人深沉模樣。海上作業，他的船很容易辨認，船頂沒有遮篷，船身漆成和別艘船不同的淡青色，他又老愛穿一件青色衣衫，像保護色一樣，隱身在他的船隻裡，我老覺得他和他的船已經融為一體。

明財不愛和船群一起抓魚。常常我和海湧伯在破曉時刻趕到漁場，他孤伶伶一艘在漁場裡不曉得已經待了多久。等船隻漸漸多起來，他扭擺船身，船尾拖一條白沫水波，一個不留神，一下子就失去了蹤影。有時候，整天都看不到他的船影，叫也叫不應，好像在海上失蹤了。

但是，當某艘船碰到魚群，在話機裡通報其他船隻時，他比任何一艘船都快，彷彿從海面哪個縫隙裡鑽出來。當我們趕到時，他已泊在魚群裡拉魚。

海湧伯最愛講他：「夭壽，明財仔，叫也叫不應，一聽到吃餌干吶在飛咧。」

有一次，我遠遠看到他停泊在海上等候流水變化，要很注意才看得到，他盤腳坐在塔台欄杆上，動也不動，像一尊雕像。我發現海湧伯很注意他，可能是海湧伯在他身上看到了自己年輕時的影子，也可能是海湧伯將他當作是討海對手。明財時常抓到別艘船抓不到的魚，他的漁獲量也經常讓別艘船驚訝羨慕。

有次在漁會碼頭卸魚，才發現明財講話有點結巴，他的臉孔曬成很好看的紅棕色，眼神明亮帶點海水的青藍。

第一次岸上仔細看他，我就有種直覺——明財會是個出色的討海人。

●阿山

阿山更年輕，三十不到，他什麼魚都抓，放網、放釣、潛水……他用大部分時間待在海上，好像擁有可以揮霍的無窮青春和體力。很少看他穿衣服，不管在海上或是岸上，整個夏天他就只穿一條黑色短褲。他的頭髮像雄獅的鬃鬣，好像泡了太多海水，老是蓬鬆鬆張舉著。有陣子，阿山發現魚販攤子上擺著他捕抓的一條魚，魚的售價竟然是他在漁會拍賣所得的兩倍多。「原來如此，」阿山說：「幹——自己來賣。」

阿山去整了一輛小貨車，學魚販在貨車上糊一只玻璃纖維魚箱，他海上抓的魚不再拿去漁會拍賣，都和碎冰一起裝進車上這只冷藏用的大箱子裡，車子開到市場路邊，幾個保麗龍盒子地上一擺，學著吆喝叫賣了起來：「自己抓的，無青免錢吆——」。阿山打赤膊賣魚，曬成赤褐色的皮膚和海水泡太久的頭髮總讓我覺得，無論如何都不像個魚販。

生意聽說不錯，但只那麼一陣子後，再看到他時，阿山貨車上的大魚箱已經拆走，不曉得為什麼，阿山收攤不再賣魚。

幾天前在碼頭卸魚時碰到他，阿山忙著把一簍簍鹵鰆從甲板抬上碼頭。那天，鹵鰆豐收，魚價摔跌到二十元一斤，漁船排隊在碼頭邊茫然搖晃，猶豫著該如何處理滿艙的漁獲。海湧伯大聲叫住阿山：「阿山仔，擺落去自己賣，又不是沒賣過魚。」

「啊，要拜託人來買，拜託人的代誌咱嘸合啦。」阿山搔著後腦，還是一簍簍把鹵鰆拖進拍賣場拍賣，「二十元就二十元嘛。」他回頭對海湧伯苦笑。

由於善潛，常看到他潛水幫別艘船割除攪纏在槳葉上的繩纜或漁網，港口的討海人都知道，阿山只要被拜託，從來都是俐落爽快的答應，但他硬是不肯低聲下氣拜託岸上的人來買他親手捕抓的魚。

聽說他曾經和買魚的人吵了一架，只因為買魚的人嫌他的魚不好。

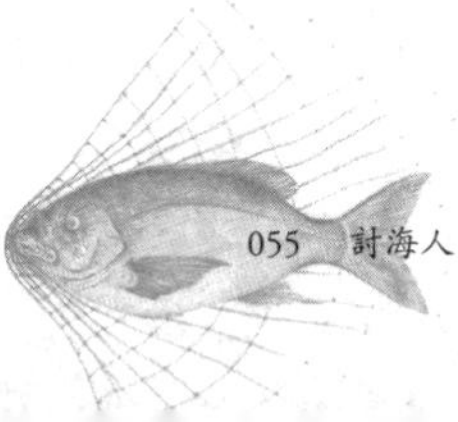

●阿華

阿華死去兩年多了，因為肝癌死在岸上。

生前我去看他，阿華掀開上衣要我摸摸他鼓脹硬撐的肚腹，他說：「醫生叫我回來等。」不讓我說什麼，他隨後立刻又補了一句：「等死啦。」

那天他躺在床上，臉孔白損損，看來體能衰差，太陽曬在他臉上多年累積的烏亮顏色都已退去，像魚隻上鉤後拚命掙扎似的體力也已經離開他的身體。阿華現在改喝草藥，醫生已經放棄他了，只好回家吃偏方等奇蹟。他把一碗黑稠稠的藥汁推到我眼前，堅持要我喝一口：「幫我喝一口，真苦，真正艱苦。」

和他談起海上捕魚的過去，他坐起來，聲音中漸漸有了氣力，好像忘記他是個將要被生命遺棄的人。他越講越有精神彷彿把病床當做是他漂泊在海上的漁船。我越講越難過，到如今，海洋只能在他的腦海裡回憶。而他的船，他真正的船只能綁在港邊孤伶伶等著。

離去前，他掙著起來送我到門口，夕陽亮光讓他始終瞇著眼，眼神彷彿落在遠方，阿華靠在門邊說：「真想再下來一趟……」最後一句，有些自言自語，阿華細細聲說：「啊，海上空氣真好，讓人懷念。」

●添旺

添旺十八歲開始討海，一直到五年前一個颱風打沉了他的船，他才決心上岸發展。

五年來，岸上換了幾個工作，每樣工作添旺都像討海那樣使了勁拚。幾年下來，添旺娶了太太，生了兩個小孩，房子買在海湧伯厝邊，生活總算是穩定下來。

海湧伯家裡時常有討海人聚會，喝點酒也聊聊漁撈生活種種，總是你講一段我接一段把討海的遭遇配著燒酒誇張的講出來，「夭壽，有夠大尾，撇咧撇咧就在船仔邊，我鐵鏢捧起來，對準頭殼就給鏨下去……啊，繩仔直直去啦，擋也擋不住……」，那講話的手勢動作和聲調都像在撩撥水面掀起波濤。

添旺老是接不上話，他的海上故事都在記憶裡長了霉斑。

有個晚上聚會，添旺沒來，倒是添旺他太太抱著三個月大的嬰兒走過來說：「添旺昨暝和我講到兩點多，說要辭掉工作下來討海。」添旺他太太沒說好或不好，只顧低頭搖著懷抱裡的嬰孩。

海湧伯和其他討海人還是喝著酒，也沒人發聲表示贊成或反對，其間我只隱約聽見海湧伯用低得不能再低的語尾若有所指地說：「早晚的代誌。」

我下來討海那年，海湧伯一臉嚴肅的跟我說：「走不識路啊，走討海這途。」

整整半年時間，我無數次趴在舷邊嘔吐，把膽汁都嘔了出來；無數次起網拉繩耗盡了所有氣力虛脫得癱軟顫抖；好幾次半夜醒來手掌蜷縮抽筋，如握緊一顆雞蛋如何也伸不開來；好幾次我在舷邊看著驚濤駭浪如滾滾洪流沖擊著船隻而驚惶害怕；多少次我猶豫著海湧伯說過的話——「討海要有討海人的命」。這段期間，海湧伯始終擺出「大門開開不要勉強」的態度。

回想這段折磨和試煉，我漸漸能夠體會，被討海這個世界認同、接受的艱苦和喜悅。層層考驗後，彷彿重生，海洋像黎明曙光般開始向我展露她的魅力，我清楚感受到藍色潮水正點點滴滴替換我體內猩紅的血液。

出港，變成是歸來，進港上岸，反而是種離開。討海人在「上去、下來」的語意中，是否已透露出，海洋是討海人真正的家園。

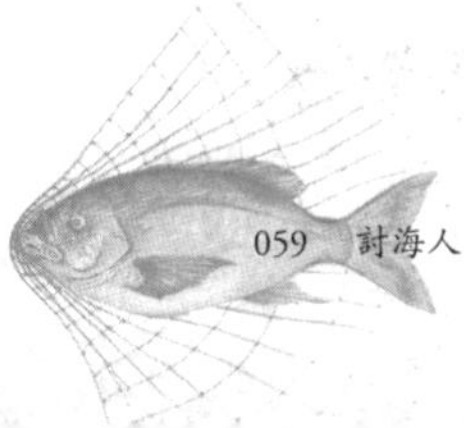

船難

去年年初，
一艘漁船被一陣突起的強勁北風
打翻在奇萊鼻腳。
船骸仍擱在鼻頭灘上，
船主失蹤，至今仍未尋獲。
這件海難，
在討海人不願再提起的情況下，
已逐漸被遺忘。

船隻一駛離港口，討海人便得把性命託付在命運之神手裡。善變的風浪，隨時可能發生的機械故障、大魚的孔武拚勁……誰也無法預料這趟出海可能的遭遇。

幾乎每個討海人都曾經遭遇海上事故，受命運之神眷顧的討海人才得以活著回來敘述事故經過，有些離奇如謎的船難，將永遠無法陳述，因為故事主角和故事情節都已沉沒在大海裡。

●鼻岬

去年年底一個傍晚，我和海湧伯將船駛抵水璉鼻海域，船尾堆疊著小山樣的粗壯漁網。連著兩天夜晚，我們在這裡撒網捕獲六條旗魚。這天，風浪比前兩夜平靜，海湧伯閒坐在駕駛艙裡等候天黑，我心想，這該是個豐收的夜晚。

漁網撒定後，天色全黑。漁船照例循著網上浮球從網具外端回頭一顆顆浮球巡視網具，海湧伯手持探射燈在海面掃出片面光影。巡完漁網，船隻泊在漁網近岸內端，離網端大約五百公尺外，有座森森鼻岬，崖壁輪廓在夜色中朦朧突起。這樣的間距，船隻及漁網似乎都籠罩在這座鼻岬陰影裡，我直覺到，今晚的漁網好像放得太靠近岬角邊。

我的直覺果然沒錯。海湧伯臉色不對，他用不尋常的急促口氣下令起網。一邊收網，海湧伯還表情嚴肅的說了句：「收一收，回去了。」

才收起第一座漁網，我們發現太慢了，第二座漁網網腳已牢牢掛死在岬頭淺礁。捲網機嗡嗡空轉，網繩勒得死緊，無法順利捲回漁網。海湧伯回頭掃射燈光，整座漁網以這個掛底處為基點浮漂著湧向那座黑色鼻岬。

海湧伯神色倉皇，大聲喚我拿刀過來。我們得割捨掉掛底的這段，搶救那似是被鼻岬召喚聳湧著逐步逼近岩角的其他漁網。

刀鋒在昏黃燈影下閃出森白寒光，海湧伯一手提住網索，狠狠揮刀砍去。鮮血迸濺噴出，染紅了大片網絲。「哐噹」一響，刀子跌落在甲板上。海湧伯握著左手手指，眼睛盯看著燈影外的黑影罵著說：「幹——看到鬼了。」

冷風吹來，船身顛簸，昏黃燈暈搖晃不止，甲板上盪擺著忽明忽暗的不安燈影。

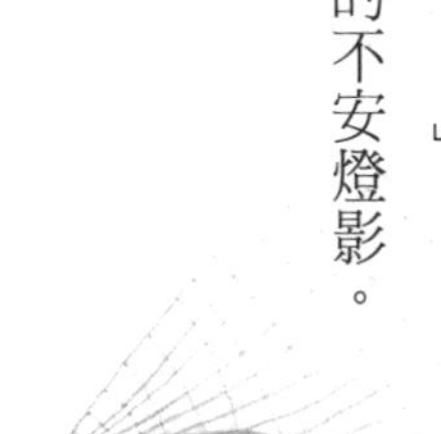

海湧伯匆匆撚斷兩根菸草，撕裂一塊破布，緊緊紮住左指見骨的傷口。奔回船尾，我們發現黑暗崖壁已森森矗立在矇矓眼前，高昂的湧浪沖撞岬壁，發出一陣陣轟隆隆震懾聲響，大朵白昂浪花激盪爆裂。

不能再有片刻遲疑，粉身碎骨的聲響迫在耳際，海湧伯衝進駕駛艙，拉撐油門迴擺船舵，船隻必須急速脫離鼻岬崖壁的巨大陰影。

引擎吼急震盪，船頭迴擺，才撐過兩三秒鐘光景，像被掐住脖子，引擎重咳了兩聲，窒息般收束熄火。

「完了！完了！」我喊著俯向船尾板，只見網絲從船底張揚伸出，似八腳章魚的觸手活絡絡在水波裡示威擺動。漁網纏死了船隻槳葉，船隻成了漁網獵物，深困在自己撒下的陷阱裡動彈不得。

鼻岬撒出驚心動魄的吸力，船隻隨著飄盪的漁網側身撞向崖壁。除了恐懼害怕，我腦子裡已經沒有任何多餘的空間來思考，當船隻撞上崖壁後該如何求生自救。

我聽見海湧伯用船上無線話機呼救。

看著船尾，那截被海湧伯砍成半斷沾著血漬的網繩，爆露出小股繩絮，硬撐著拖住船尾。船隻似乎被掛底漁網拖拉住不再繼續撞向鼻岬。此時，船舷距離岬壁不到十公尺，每股湧浪起伏都在拉扯折磨著纖弱半斷已十分單薄的網繩。船身的每一波搖晃震盪，我都聽見了發自心底深處的痙攣尖叫。

海湧伯終於呼叫到一艘離我們約三浬遠的作業漁船，對方是個名叫清波仔的年輕漁人，他時常潛水抓龍蝦，船上有潛水裝備。

那等候救援的滋味，如無數條黑蛇游繞在胸腔裡不停啃咬著微弱心跳，我心驚膽跳看著暫時拖住我們船身的纖弱網繩正在分秒崩裂，也不時轉頭眺望黑暗海面，盼望能及時看到救援船隻清波仔到來。

我和海湧伯都靜坐著不敢妄動，船隻像一部勾掛在懸崖峭壁上的汽車，即使一聲咳嗽引起的震盪，都可能讓我們失去平衡掉落深谷。

彷彿經歷了一個世紀那麼長的時間，黑暗海面浮閃出一顆微弱紅色船燈，我知道那是清波仔，那是我們殷殷期盼的救星。儘管仍然那麼遙遠微弱，隔著這樣的距離，我已經能感受到那盞紅燈輻射出來的溫暖熱度。

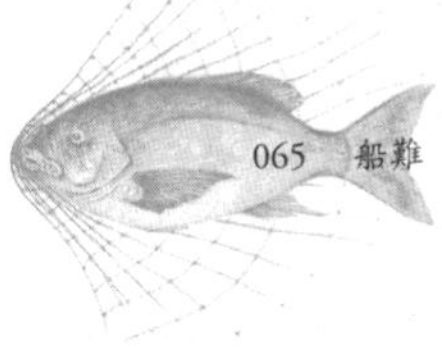

隔著一艘船距離，清波仔拋過來一條長纜。這道由命運之神手中拋過來的船纜，讓我感覺冰冷黑暗的絕境裡終於有了一條迎向光明的通道。兩船緊緊結後，清波仔脫光衣服，拿著刀，毫無猶豫的躍進冰冷黑暗水裡。

漁網賁張若魔爪般在船底舞晃不止，船底傳來陣陣搔刮聲，清波仔水裡踏著網絲為我們割除糾纏在槳葉上的漁網。

清波仔赤膊跳進黑暗水裡的景象，深刻在我腦海裡反覆，他身材並不高大，削瘦的肩膀如此勇敢的埋入冰冷墨黑水裡，他必須像一條矯捷的游魚，閃躲掃擺纏黏的漁網，他得避開衝向岬壁的湍急湧浪，那絕不是「英勇」兩字足以形容，他跳進的是我冰冷絕望的心，並掀起陣陣溫暖解凍的漣漪。

割除纏死在槳葉的漁網後，引擎啟動，一下拖斷了挽拉住我們的網繩，船隻伸手伸腳，恢復自由。致謝後，清波仔紅色船燈緩緩駛離，我以為今夜的劫難就此遠去。

才鬆下身子，鬆一口氣想倚著船舷稍微休息，沒想到，引擎又是一陣重咳，再度熄火。漁網似被這座鼻岬施了魔咒，撐張蠕動著再次擷住船隻，像是不肯放過我們。

海湧伯再次呼救，紅燈回頭。清波仔持著長刀，再次英勇躍入水裡，和鬼魅樣的漁網纏鬥。

那是連海湧伯這樣的老討海人也不曾有過的經歷，那一夜，船隻三度被漁網纏住。

好幾次，我彷彿聽見鼻岬陰冷笑聲。心裡發毛，這個晚上，我想，我們恐怕很難擺脫黑色鼻岬的魔爪。

船隻第三度被漁網纏住，清波仔又在折返途中，海湧伯鐵青著臉不說一句話。

我忽然發現船身扭扭擺擺，並緩緩漂離鼻岬，這又是鼻岬在玩弄什麼新把戲？我和海湧伯立刻趴上船舷看向船底，舷牆下網絲紛紛輕揚離去，像是收到撤退命令跟我們揮手道別。船隻逐漸脫離網絲觸手的糾纏。這時，不由自主打了一個冷顫，心想，他終於鬆手願意放過我們了？

恢復自由，海湧伯發動引擎，推倒舵柄，船隻偏頭逃命似的往港口方向急

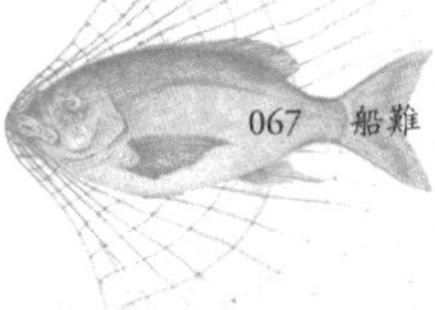

駛。我心裡七上八下喘著氣擔憂，一晚折磨後，這陣鬆手太過唐突，黑色鼻岬無法讓人相信會這麼大方地放過我們。

果然，船隻急行不到三分鐘，船底震顫一響，船隻完全停擺，海湧伯幾次催動油門，引擎呼號空響，船隻依舊停在原地無法前行。

「槳葉被它收去了。」海湧伯低著頭細細聲說。

船隻漂流。海湧伯喃喃說，他左掌已整個麻木失去知覺。

海湧伯第四次舉起話機求救，「看到鬼了，下次來鼻岬腳祭一祭。」他跟清波仔這樣說。

船隻漂離鼻岬約一、兩百公尺遠。月輪昇起，海面銀白寒光迷離煥照，我回頭看到突露海面的黑色鼻岬猙獰淺笑。

●漂流

幾天前和阿山行船經過清水斷崖，他指著岸崖上大片崩塌落石峭壁說：「那年，船隻往外漂流，直到崖上這片落石堆只有尾指尖大小，當時船隻離岸至少超過十浬。」

聽說過，阿山曾在海上孤苦無援的漂流了好一陣子，對於這種不幸遭遇，討海人通常深藏心底不願提起。既然阿山主動開口，我抓住機會追問：「後來呢？」

阿山說：「看到這個落石白點，我知道已經漂到縣境北端，再下去就得告別家鄉遠遠離去。這時，心裡突然響起一個聲音，我從甲板站起來，對著這個遙遠微小的白點反覆喊嚷：『我要回去！』」

阿山說：「七年前的某個冬天晚上，我在花蓮港南方約十浬海域垂釣白帶魚，大約十點多，正收拾著準備返航。船尾燈光忽然暗淡下來，燈光垂死掙扎似的抽搐閃滅，幾下後，引擎熄火，燈光熄滅。

彷彿一下子跌進伸手不見五指的黑洞裡，我惶亂的摸進駕駛艙，扭轉引擎開關，引擎吭都不吭沒半絲生息。

潮水漩外，船隻往外海漂流。我喘著氣跳進機艙底，幾乎每一根螺絲、每一根管線，我反覆拆卸、調整及組裝，即使只是一線希望可能營救垂死的引擎我都沒輕易放棄。

大約三個小時後，我爬上甲板，死了對發動引擎的期待。海岸邊的燈火已虛幻飄渺，如遠在天邊的微星，潮水洶湧，帶著船隻朝東北向急速漂流。以這種速度，不超過兩個小時，船隻將闖進北赤道洋流主流裡，那一去將是百浬千浬，深深捲進太平洋大洋環流裡，那樣的話，獲救機會將如海底撈針般渺茫。

不斷告訴自己，絕對要想個辦法減緩漂流速度。

前艙底，我摸索翻出四只潛水用的帆布浮力袋，我趕忙將兩只繫在船尾拋下水裡。原本空癟的浮力袋，立即灌滿海水，撐張若兩具降落傘拖在船尾，浮力袋至少稍稍拖住了船隻的急速漂流。

這時天邊規律地閃射出陣陣黃光，這是港口燈塔指引船隻入港的燈號。船隻已漂流到港口外海，我知道，這個點可能是這次漂流中距離家門最近的位置。無垠夜暗中，那閃射燈光似一陣陣呼喚。是陸地對甲板的呼喚，是家人擔憂的呼喚。都聽見了，我心血沸騰站在船舷邊眺望燈塔，好幾次，我衝動的就要跳下船想泅水回去，甚至還脫掉身上衣服和長褲。

但冥冥中，多起漂流意外的結果浮現在我腦海裡：（失蹤幾天後，漂流船隻被尋獲，船上沒有人影，也沒有任何線索顯示船上的人哪裡去了。）海上經驗越豐富的討海人越是知道，在大海中，人離開船，就如同魚上了岸，體力和生命都會像散落水裡的火花般脆弱和短暫。

雖然，我明知此時跳進水裡平安游抵海岸的機會只有萬分之一，但那回家的想望，那只有萬分之一機會回家的渴望，幻化做千千萬萬魑魅樣的誘惑，一再啃噬我的理智。此刻我終於理解，漂流事故中，人都哪裡去了。

漂流在這夜暗海上，心裡的掙扎其實比肉體折磨強烈百倍，我沒有一秒鐘闔眼睡著，沒有吃進一滴水或任何食物……這些折騰，都比不上眼睜睜看著燈塔光線漸漸模糊遠去，都比不上我自責是否錯過了那萬分之一的回家機會，都比不上那過門而不入的心碎。

破曉剎那，潮水依然洶湧，船隻如一片漂流在大洪流裡的枯葉。搜救船隻可能已經出門，我站在舷架上睜大眼睛四面張望。灰雲低壓捲揚，湧浪軒昂，風暴在北方天際凝聚，海面起了薄霧，只見三兩隻海鷗高高飛越船桅往遙遠飛去。

雪上加霜，這海況顯示風暴即將來臨，我擔心搜救船隻隨時就要因躲避風暴而轉頭離去。

午後，一艘船影衝出薄霧，若隱若現，距船尾約一、兩浬遠，我抓住延繩釣旗杆，奔到船尾，使勁搖擺吶喊。

乍現的希望如火光般一閃即逝。那艘船偏鋒航行，才一陣子就陷進煙靄裡不見蹤影，我仍然站在艉甲板上高聲呼喊，嘶聲力竭熱淚盈眶地高聲呼喊著，無論如何那總是漂流至今唯一眼見的希望，唯一見到的船隻。

我疲倦地仰躺在艉甲板上嘆氣，獲救的希望如泡沫般已經破滅。天空灰雲輾轉翻滾，我想著家人，想著小孩，再次自責昨夜看見燈塔時沒把握機會游泳回家。

天色陰沉轉暗，船隻幾次打旋後，我困頓疲乏的迷失在茫茫大海裡。湧浪擊打船舷，衝出飛揚的細沫水煙，風力漸增，海上薄霧隨風消散，這時，我再次看到岸緣迷濛的山頭，看到了那峭壁上的白點，我失去控制，對著白點大聲嚷叫，心裡盪出一股決心——我要活著回去！

頹倒在船尾甲板上綁著衣衫的延繩釣旗杆隨風震顫了一下。我眼睛一亮，那是風暴前颳起的東北風，我心頭點著了一盞燈，我只要在甲板上豎起一支風帆，東北風有機會將我帶回岸邊。

拉起浮力袋，拆掉袋子縫線，我動手造帆。風暴就要來臨，時間就是生命。每一分每一秒，我在心裡和風暴追逐。

那天天黑前，我扯緊桅繩豎起風帆。帆面旋即迎風鼓漲，船尖衝浪昂起，如魚得水。我感覺船隻重拾動力伸手展腳的歡喜。我深深喘出一口長氣，船隻擺脫束縛飛快衝出。

風力呼嘯急猛，風帆下緣甩擺擊打著明朗節奏，湧浪汩聳若山，船隻順風斜身騎壓著海面崎嶇波折。隨著船行輕快，崖壁白點迅速膨脹如一根指頭大小……然後，如一條胳臂粗壯。天色全暗時，崖壁白點已飛撲在岸緣天空，如一襲張著懷抱的白衣幽靈。」

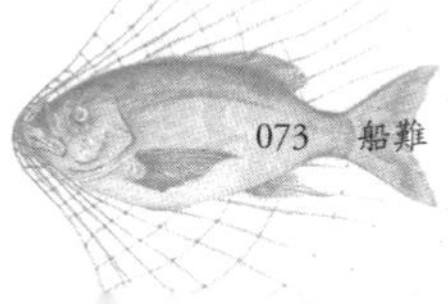

阿山繼續說：「就在那片斷崖下，離岸約三十公尺，我拋下船錨，毫不猶豫跳入風暴下高聳起伏的湧浪裡。幾番浮出浪頭，我看到這具高大的白衣幽靈彷彿微笑看我，似在歡迎漂泊歸來的遊子。」

●跳船

添旺說起這段遭遇，是在開往南方澳漁港的車子上。

旭陽才從崖下海面昇起，車子飛快穿梭在霞紅晨光裡。添旺在南方澳買了新船，我們趕著到南方澳為新船辦理手續。應該是對舊船的懷念吧，添旺說出跳離舊船的這段事故：

夜裡，我和康仔出海放棍（延繩釣）。康仔是海上生手，我得特別留意他的安全。

兩簍繩鉤放完，發現引擎聲不對，趕忙跳進機艙裡查看。引擎哽咽著，間歇斷續吼著即將窒息的呻吟。

一陣痙攣震顫，引擎熄火。

我發現，懸在艙壁上的吊櫃油箱伸出的油管澄淨透明，我拍著腦袋恍然明白，這趟出航前，忘了將艙底油櫃裡的油料補充到吊櫃油箱裡。老實講，當我查明了故障原因，心裡原先的驚惶完全鬆懈下來。將吊櫃油箱上滿油，再將引擎吸進去的空氣排出來，引擎就能重新啟動。這不是嚴重的機械故障，也不是過去沒有的故障排除經驗。

啟動抽油機，當油料沖進吊櫃油箱的同時，我動手拆解引擎排氣螺絲，這時，我感覺船身不尋常的激烈搖晃。康仔探頭進來機艙，猴急大喊：「不行了，不行了，要撞上去了。」

如一記悶雷擊中心底，我立即拋開扳手，跳出艙口。

啊！船隻四周白浪滔滔，一陣突如其來的強盛東風，加上一陣洶湧的湧岸流，竟然已將船隻推進岸緣捲浪海域裡。船尾朝前，湧岸浪濤舉著船身，船隻倒退著往黑幽幽海灘衝去。

船尾離岸不到十公尺，船身隨時可能被捲浪打橫翻覆。

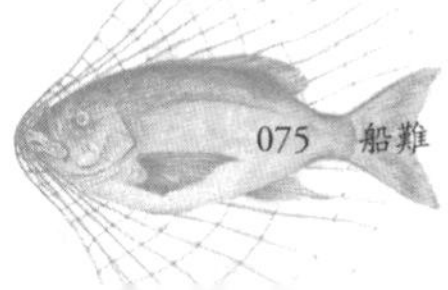

我一把抓住康仔，奔到船尾，一腳踩在船尾板上，大喊著告訴康仔：「我喊跳的時候，就一起用力跳出去。」

船隻翻覆時，最可怕的不是落水，而是隨浪壓下來的船身。還有甲板上大大小小裝備及捕魚漁具，當船身傾覆時，都會像一顆顆砲彈斜噴下來。捲浪裡短短幾公尺，游上岸不是問題，但是，只要被任何一樣如落雨般的砲彈擊中，就是再好的體力也無法活命游上來。

船身稍稍左偏，船尾仍然朝前，我緊拉住康仔站在船尾右側角落。只要船隻往左傾覆，我得拉住他往右方跳船。

一波雄壯的湧浪將船身高高抬起，一陣踉蹌，康仔掙脫我的掌握，不顧我的吩咐，往右後方縱身一躍奮力跳下黑暗水裡。

我大聲叫罵，但康仔已消失在黑暗海面失去蹤影。唉，慌張常讓人失去理智，康仔跳得太早了。湧浪越來越密集，船身如騎著野馬，劇烈地上下俯仰。所幸，船身並無打橫跡象。

一波高浪舉住船尾，船隻像滑水衝浪輕快的飛身倒退，黑濛濛砂灘迎面撞來。就這時刻，我大聲喊跳。

縱身一躍，揚臂挺腰，我知道跳離船身越遠越是安全。

兩腳刺進砂堆裡，連褲腳都沒打溼。

回頭一看，船尾若一面高牆聳立直接砍入軟沙裡。

船隻沒有翻覆。

我立刻回身奔進捲浪裡，一切都出乎意料的幸運，現在，我只擔心康仔的安危。

一潾潾白浪湧來，淹上腰際，海面盡是白波，沒有任何掙動跡象。白波退去，發出陣陣嘆息似的娑娑聲。

至少隔了五分鐘那麼久，我感覺一陣寒意，一根似是漂流木的硬體撞到我的大腿，我低頭一看，竟然是康仔。

康仔整個臉埋在水裡，手腳像青蛙划水，還猛力踢著、蹭著。

我一把抓住康仔後領，猛力一提。浪花退去，他一臉青筍筍，兩手還賣力凌空划著。

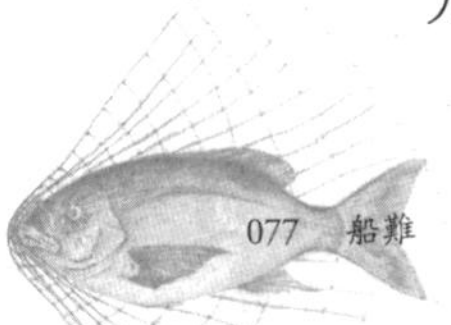

我俯在他耳邊大喊：「到了！到了！」

康仔全身才鬆軟下來，抬頭對著我露出白色牙齒。

去年年初，一艘漁船被一陣突起的強勁北風打翻在奇萊鼻腳。船骸仍擱在鼻頭灘上，船主失蹤，至今仍未尋獲。

這件海難，在討海人不願再提起的情況下，已逐漸被遺忘。

每次，當我們航行通過鼻岬，看著灘上支離破碎的船板，我時常想，當船難發生時，船上的討海人有多少時間來經歷事故過程？當生命一吋吋被剝奪離開身體時，他做過什麼努力？最後，他期望得到什麼？他是恐懼害怕的離去？還是平靜的離去？

這是個多麼冰冷絕情的世界，當命運之神撒手離去，他只能孤單的死去，沒有見證，沒有感嘆，沒有祝福，沒有遺言，沒有遺體……如化身一隻游魚，隨著浪潮孤獨地離去。

撒網

海湧伯老是嘲諷著罵道：
「是不是想當一條魚。」
有時，
我眞的感覺自己是一尾上網的魚，
我知道那是不得解脫的折磨。

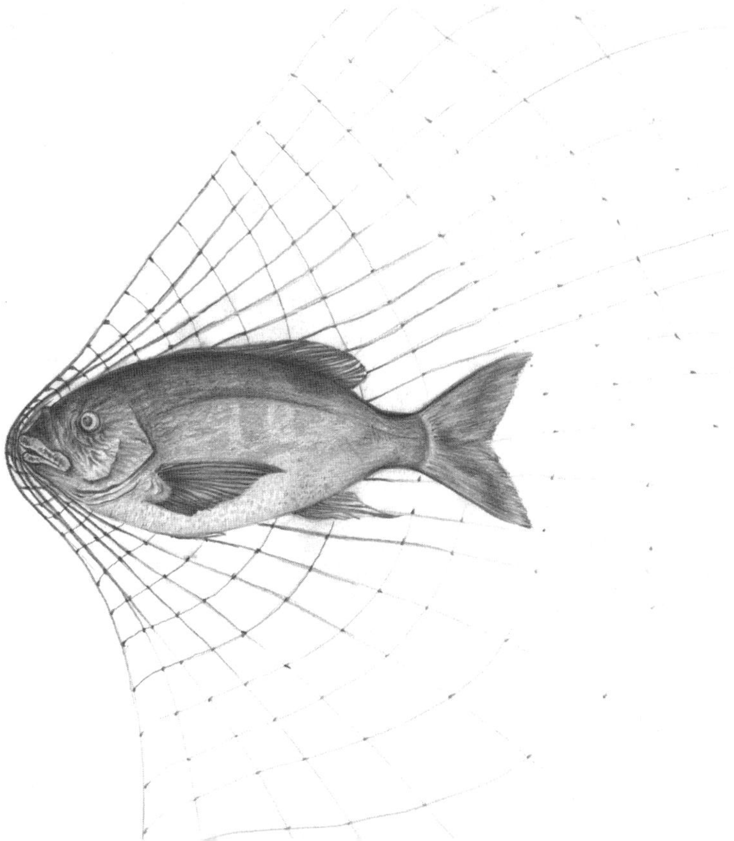

「提姆」颱風剛過，整日落雨。

一早，海湧伯就在他屋簷長廊下整理漁網，屋外雨聲隆隆，對街木麻黃殘敗枝椏仍在「回南」風雨裡搖曳不止。

偶爾，海湧伯停下手頭工作，凝看了大雨好一會兒。他在等待，等待雨勢轉弱出海撒網。

海湧伯說，颱風來時，沿岸海域「弄湧腳」，巨浪狂濤翻滾沸騰了近岸海水，居住在淺海岩礁穴洞的魚蝦，紛紛遠離洞穴，往深海潛伏避難。颱風過後，躲過颱風的魚蝦，趁水色混濁，回游到礁岩海域，尋找巢穴歸位。這時候，是撒網的最好時機。撒下的漁網將賁張若一道透明長牆，趁亂攔截匆匆返回家園的魚蝦。

傍晚，雨勢明顯趨弱，海湧伯斷然決定出海。

我們在重重盤繞若蜘蛛網的防颱纜繩中，解出一道縫隙讓船隻通過。港外道勁的浪濤沖撞海堤，激起一波波高聳煙靄，如巨碩的鬼魅身影，一陣陣飄走在港區水面。漁港滿目瘡痍。引擎響起，空曠的聲響宛如戰場上斷垣殘壁硝煙瀰漫裡的隱隱鼓聲。幾艘漁船斜著身子半沉在水裡。

海湧伯要我站在船頭，指揮船隻避開滿布在港渠水道上的漂流木。船行緩慢，近似漂流，我們在港道裡彎繞滑行，避開被颱風浪湧進港域的漂流木。

正對著港嘴的花蓮溪口，濁浪奔騰滔天，匯聚花東縱谷大小河川的颱風洪流，溪口海域，像千萬騎兵躍馬奔騰。溪與海的衝突，激爆出綿延濁浪，直逼港嘴。

許多淡水魚被沖到海裡，牠們浮在海面，遍體鱗傷，嘴巴一張一合，漂在浪頭殘喘。海湧伯說：「適應鹹水後，牠們將在這裡活下去。」停了一下，海湧伯又說：「就像我們一樣。」

航出港堤，失去防波堤守護，船隻立即陷入巨浪裡。船身扭擺、搖晃，船尖一陣聳揚，旋即下墜，毫無規則可循。才撞浪抬頭，層樓高的浪尖托起船身，我們如在危危嶺頂，船頭拔出嘩啦一陣瀑布水花，湧浪通過船底，船隻急速奔下巨浪谷底，轉而傾側劈浪，水牆四周圍繞，如身陷深淵絕壁，多麼憤恨的力道啊，浪團在船頭爆炸，浪靄迅速掩埋了整個船頭。

甲板晃盪無法站人，船隻驟起暴落。感覺全身血液都在洶湧甩盪，有時懸浮在頭頂，有時壓迫在腳底。陣陣痙攣從船頭蔓延周身，船身被湧浪揉擠得「咿呀」作響，像在斷裂解體。讓人驚駭的大浪不斷翻上甲板，我懷疑，海湧伯出海時機是否判斷錯了。

海湧伯仍然下令放網，動盪天災後，海湧伯似是賭定了這一局。

船隻掙扎困鬥，船尾漁網飛奔落海，紗網自甲板上滾動落海，甩著、擺著，似甲板上片片水波。網絲迤邐紛揚，慢慢沒入船尾湧浪裡。

湧浪高舉，我們看到岸上間續亮起燈火。海上白煙濛濛，燈火似被稀釋而遙遠開來。今夜，漁網將在海底隨浪張揚，而摸黑返家的魚蝦將在網底掙扎。我也將懸著心，若一張漁網擱在心口。洶湧浪湧可能沖走漁網，我們必須漏夜守在網頭。

港口堤防逐漸消逝在蒼茫暮色裡，水聲洶湧，回家的路似被夜幕一刀斬斷。

間歇雨點終於在半夜完全停息，幾顆微星隱隱露出天頂。

夜暗裡，船隻甩擺得更是厲害。因為無法分辨湧浪方向和大小，常常浪聲一翻，還來不及攀穩身體重心，一陣劇盪襲打船身，那無法預知的突兀衝撞，讓我陷入隨時可能翻覆的恐懼中，感覺船隻就在地獄門口搖搖欲墜。

遠處，碼頭長堤受浪衝撞激起的白影鬼魅，仍然一襲襲飄走海面。岸上燈光，成了動盪不安夜裡唯一的憑藉。船隻被浪頭擁抬時，一片燈火昇起水面，當船隻滑下谷底，燈火瞬即熄沒在黑暗裡。我總是貪婪的想留住剎那亮光在眼網裡，讓腦子裡殘餘的亮光，陪在船隻沉底的漆黑裡，那自慰似的一點溫暖感覺，如洶湧長夜裡的一盞明燈。

每隔一段時間，我就用探照燈照射海面網端浮球。波瀾中的白色浮球顯得清冷孤獨，像為了堅持浮在海面而困苦奮鬥著。光束下的水波跳躍著水氣，冒出輕微息息聲，似夜色海水的咿唔喟嘆。

海湧伯在黑暗船艙裡寂靜無言，不知是否醒著。我思想岸上燈火，回想岸上點點滴滴，這晚，我的一生都被我鋪在浪裡晃盪。

終於，終於一橐橘色火焰在天邊輕輕燒開來，四周灰雲即刻鑲上金邊舉成伸張模樣，高空雲條拖成長絲，急欲追上颱風盤旋主流。海湧伯走出船艙，看了看剛剛貼上亮點的海面湧浪，搖搖頭說：「少年家，有苦頭吃了。」

海湧伯操舵，我用長竿鉤拉浮球，船尾油壓捲網機嗡嗡響起，我將網繩掛上去，捲網機使勁絞拉，開始收網。一夜的掙扎，都將記錄在即將拔出海面的漁網上。網繩答答滴著成串水珠，迎著曦暉點點閃耀晶瑩晨光。

湧浪不時緊緊扯住漁網，捲網機吃力的欹欹走走，不斷嚶哼哮喘。網紗逐漸浮現水面，像一頂透明帳子，從船尾高處垂下海面。一團團像虫繭般的球體糾結散置在網面上；這就是了，這就是漏夜攔阻的漁獲；上網的魚蝦越是掙扎，網紗綑得越緊，一條條像蜷縮在網絲圍築宮室裡的毛蟲。牠們從昨夜一頭撞進網裡，就注定了無可掙脫的命運，但牠們還是掙扎，還是一圈圈綑綁自己，直到現在仍用著最後氣力，顫抖在晨風中。

我和海湧伯分站船尾兩側，當海湧伯從紗網中解魚時，我得使勁拉住漁網，不讓紗網繃得太緊。甲板搖晃不定，很難站穩使力，稍一顛躓不穩，往往整個人往紗網撞去，而被網子纏住手腳。

海湧伯老是嘲諷著罵道：「是不是想當一條魚。」

有時，我真覺得自己是一尾上網的魚，不是這樣嗎？許多時候我一頭撞進網裡，胡亂掙扎，胡亂綑綁自己，心裡明白，那是不得解脫的折磨。

魚蝦掛網密度極高，海湧伯應是賭贏了這一回。從昨天斷然決定出海到現在，我回想海湧伯的每一個決定，每一道命令，好像他已預知這樣的結局。

一夜淒苦守候，我不曾想到收獲，也許海湧伯早在撒網當時，就已在空白網面上繪出了豐收圖案。但他大概沒想到，這網撈起的盡是海洋懷裡的絕美寶藏。我看出他驚奇歡愉的表情，為上網的每一條美麗魚蝦。

海湧伯翻轉網紗，從尾部握住一隻纏網的龍蝦，用另一隻手為龍蝦解除鉤在頭殼硬刺上的網絲。龍蝦掙脫束縛後舒展身手，奮力踢著尾鰭，一陣像眾多簧片同時振動發出的共鳴聲從龍蝦胸腔裡發出；這聲響細緻、純澈，宛如吟著和風寧靜，清唱著海潮緩緩；也不曉得到底是龍蝦受困掙扎的哀鳴，或是脫困解放的舒唱？因為悅耳動聽，很難和龍蝦被捕的處境連想，我聽到的是海底提琴手，悠然演奏那人間不曾聽聞的海潮舞曲。

針河魨上網後，全身鼓脹若一顆氣球，牠身上的尖刺，一根根硬梆梆挺立

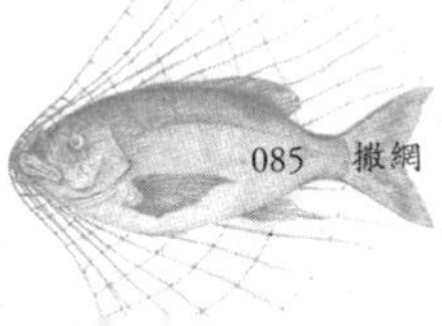

著，大頭大眼，鑲在圓滾滾針球上，大嘴不停唧氣，發出將要脹破的鼓鼓聲，整個古怪滑稽模樣。

海湧伯笑著說：「啊，一粒地球。」

針河魨鼓脹的刺把網子卡得死緊，根本無法解牠下來。海湧伯反握一把尖刀，往河魨鼓脹的白色肚皮刺去。圓球裂了一個洞口，水柱像尿尿一樣噴灑出來。河魨慢慢消脹、萎縮，尖刺一根根倒下，逐漸恢復魚形。海湧伯將網頭一提，河魨滑溜溜的從網口溜下甲板，口裡還咕嚕咕嚕叫嚷著，像是被刺破肚腹咬牙切齒的磨牙聲。

一隻碩壯的花枝也在交纏的網目裡，多根長條觸鬚伸出網外曲捲攀抓，像許多根指頭一起努力想解開網絲。海湧伯解牠下來，雙手捧住，緩緩往身後漁簍移動，海湧伯異常謹慎小心，像在顧忌什麼。花枝周身柔軟，沒什麼自衛硬刺足以傷人，到底海湧伯在害怕什麼？

才這樣想著，花枝突然「咕吱」一響，海湧伯立即甩開花枝，但來不及了，大量烏壓壓墨汁噴灑出來，半個船尾，包括海湧伯臉上、身上，都被噴上斑花花的黑漬。海湧伯罵了兩句，不以為然的看著高聲大笑的我。

一片魟魚上來了，兩片翼翅不停搧動拍打著，像一片從海底飛上甲板的風箏。海湧伯提著網繩，嘟了嘟嘴尖，示意我去解魚，他想笑不笑的表情有點古怪。我熟練地單手提網，伸出右手，去掐住魟魚鼻頭。忽然一陣麻顫網絡般從手掌迅即攀上手臂。驚愕下，我把魟魚和網紗一起拋下海裡，海湧伯似是報復得逞，奸笑著說：「不電電看，怎會知道有沒有電。」原來是一隻電魟。

有幾種魚，海湧伯碰都不讓我碰，如臭肚魚、魚虎（獅子魚）等，他說只要被刺一下，保證我「唉爸叫母」，那些都是鰭刺有劇毒的魚。

肥壯的琵琶魚，把整面魚網搞得亂七八糟，應該有過一番劇烈困鬥。海湧伯稱牠「牛」。戰艦樣的身軀，十足的蠻力，牠一上網後必定是左右衝撞，不把所有的氣力耗盡不會善罷甘休。果然是一頭牛。

解「牛」時，海湧伯叮嚀說：「小心，牛帶著兩把劍」。牠尾柄兩側各長著一片倒鉤硬棘，牛被解出網後，會蠻力甩動尾鰭，兩片硬棘會像兩把劍左右揮砍。

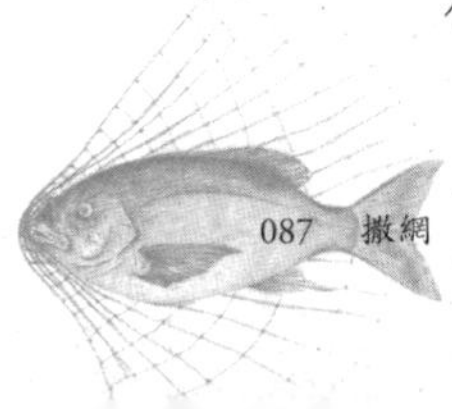

許多不曾見過的魚一一咬著網紗上來，各形各樣的魚體，炫爛奪目的色彩，十足展現了海底世界的美。真覺得我們網到的是一件件藝術珍品、一件件稀世寶藏、一件件花彩衣裳。我好奇追問海湧伯這是什麼魚、那是什麼魚，海湧伯都不回答，好像叫了名稱就會減損了牠們的美麗價值。海湧伯只回答說：「海底事，識不完。」

颱風已經遠離，天空水洗般清藍，但浪頭仍有餘威。

海湧伯先嘔吐了，他趴在船舷吐了一陣，等不及抹乾眼淚，又苦笑著回來繼續收網。七月艷陽恢復活力，咬出我們渾身汗水。魚蝦密密麻麻掛在網上，一條網子拉也拉不完似的越收越長。

我們仍然歡悅驚呼，為每一條巨大或奇形怪狀的魚。

我們嘔吐、流汗，艱苦地收獲愉快。

魚箱已經滿載，幾聲脆響從箱子裡傳來，那是魚蝦在碎冰上翻跳的聲音。一不留神，我的視覺跟著活跳跳的聲響潛入水底——漁網影子般在水裡完全融化，所有上網的魚蝦都得到解脫，牠們以網上密度和位置，重新擺入海底，回歸水世界裡，背景有高高低低的礁岩，有密生多彩的珊瑚和海藻，如一片繁花盛開的山坡；水流如風，涼冷的來來去去；陽光編織麗網，閃動在波光裡，牠們衣著鮮艷，風度翩翩，來去徘徊，牠們在這裡生活，是這裡的住民——

牠們翻跳發出聲響，在那黑暗冰冷的魚箱子裡。

海湧伯說，我暈船暈得太厲害了，無法再繼續起網解魚。他叫我一邊坐著，將手裡漁網連魚帶絲，一把把抓入船尾，不再解魚。船隻載著堆積如山的漁網，和層疊在網紗裡的魚蝦，急速奔回港裡。

漁港已逐漸復甦，許多漁船正在解纜準備出航，碼頭上來了幾部吊車，舉著長臂吊起沉沒的船隻。魚販和海湧伯家人等在漁港碼頭。

他們會圍過來幫忙解魚，他們將取走所有魚蝦，他們大概會七嘴八舌爭論魚蝦名稱，最後，將只剩下我和海湧伯留下來清理空白的漁網。

跳上岸，繫好船纜，感覺碼頭一陣搖晃動盪。

海湧伯一直靜默不語，岸上他通常很少笑容。

一起

雖然都是十噸上下小漁船，
三、四十艘加起來，
催足馬力一起回港，
隆隆引擎聲足以震開陰霾，
船尾掃出的艉浪層層高疊，
也算是浩浩蕩蕩志氣高昂的抗議隊伍。

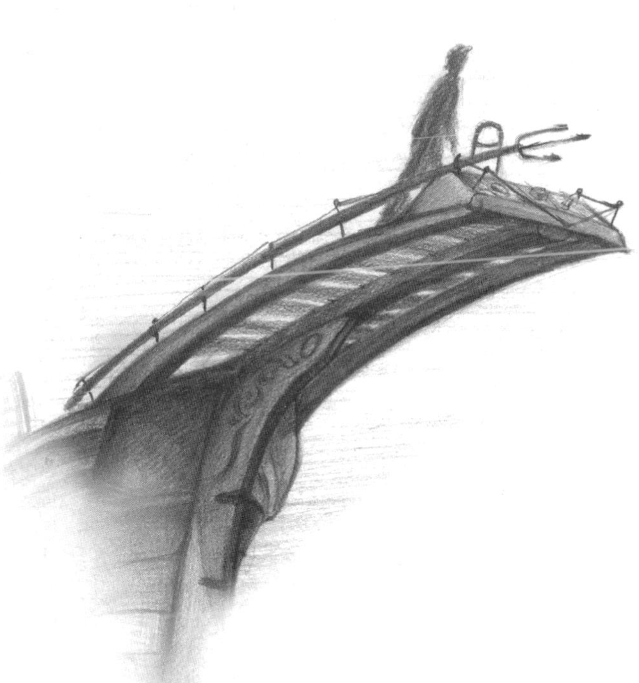

煙仔虎漁季，接連幾天，每艘船都有一、兩百公斤滿意漁獲。

這天，天色半陰，黎明曙光從雲縫間穿刺而出，微風徐徐，水流墨藍，船隻輾浪前行也沾黏了一身腥臊，稍有經驗的討海人都能感覺船下蘊藏的無窮生機。

出港後，船群盤繞打轉，海面若是張地毯，船隻撒出據點作全面搜索，不願錯失每一吋海面下的每一條煙仔虎。船上無線話機靜悄悄的，沒有一艘船願意在如此富庶的海況下分神講話。船上每個討海人的每雙眼，都備戰似的全神貫注盯著船尾拖釣尾繩上的動靜。每艘船各自打著圈圈似乎獨立自主互不相干，但寬一點的視野來看，整個船群其實是一起盤繞著，然後逐漸鬆散開來，並一起往北方奇萊鼻漁場搜索前進。

原本堅實盤聚的船隊漸漸散開來，其中有幾艘像是不耐煩繼續這樣下去，開足馬力駛離船隊。原本吸引船隻集結的動力——煙仔虎群——並未如預期湧現，因渴望而集結，因失望而分別；船群出了港後原本一起的關係開始鬆動、瓦解。

「明明是有魚仔底的流水，奇怪？」話機響起第一聲疑惑，語調裡仍保留著一線希望，「喂，你那邊撒有吃餌？」

「嘸咧、嘸咧，煩惱免啦，等一下就來了！」樂觀是討海人必要的基本個性。

但船隻間的通話距離確實越來越遙遠，有幾艘船早已散出在天邊，化作小小幾粒黑點沉浮，也有幾艘船靠岸邊行駛，彷彿就浮在岸邊捲浪上緣。船群散開，搜索範圍越來越廣，遺憾的是沒有一艘船傳來吃餌消息。

這時，奇萊鼻漁場離岸約三、四百公尺處，出現五艘大型圍網漁船，他們舷邊漁網像一疋黑色帳幕，斜劈到海水裡，一字排開正在作業。這種圍網漁船，一般稱他們「三腳虎仔」，通常摸黑作業，黎明返航。「三腳虎仔」為燈火漁船，船上裝置了散發強光的誘漁燈，作業時，燈火像溶在水裡，強光從水底煥射，船隻四周一片光亮，船隻如被托在一片寶藍光域裡。等魚群吃火（受燈光誘惑）聚集後，「三腳虎仔」放出小艇，小艇帶出燈火，帶領魚群，母船急速繞圈，圍住小艇及小艇下方的魚群撒網，將燈火誘集的魚群一網打盡。

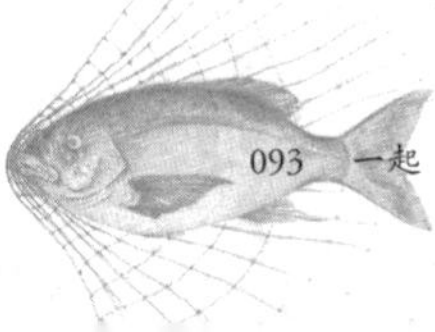

好幾次我們在黎明出航作業前，遇到在碼頭邊卸魚的「三腳虎仔」，好幾輛貨車排隊等在碼頭邊，他們的漁獲通常以「噸」為基本計量單位。

海湧伯不再回頭盼望拖釣尾繩，他瞪看著前面海域那幾艘「三腳虎仔」，天色已亮起好一陣子了，「三腳虎仔」還反常的留在海域作業，「應該是大豐收吧！」海湧伯叨唸著，一邊拉緊引擎將船隻駛近「三腳虎仔」船邊。

「三腳虎仔」拖拔在舷邊的網袋半浮水面，網袋沉甸甸，扣緊舷邊，大船被沉重的網袋拉傾了一邊，成千上萬隻煙仔虎在網袋裡掙扎、拍花，那至少數噸重的煙仔虎被囊括在大船網袋裡。「三腳虎仔」船上用來支撐網袋起重吊杆上的滾輪，若不勝負荷「咧、咧、咧、咧」不住空轉，無法將漁獲一舉吊離海面。幾個船員俯在大船舷邊，用大網杓分批將網袋裡的漁獲一網杓一網杓撈到船上，也有幾個船員將雜魚（比較沒價錢的魚）紛紛拋回海裡。

「夭壽，不是嘸魚仔，」話機傳來氣憤不平的聲調：「原來都被這幾隻三腳虎仔吃了了啊！」

「啊，他圍一網，卡贏咱大粒汗小粒汗討歸年。」

「也沒想說，留幾尾給咱過生活，幹。」

晨風瀰漫的海腥味中，摻了些硝煙味。

大船網袋裡，漁獲擁擠掙扎，一些體型較小的魚被壓迫得擠出網孔，也有些被網紗纏死在網目上，討海人把這些魚叫做「鑽紗仔」。被大船拋棄的雜魚、這些鑽紗仔的煙仔虎，全都遍體鱗傷、身軀扭折殘敗，紛紛翻著白肚浮漂在海面上。也有不少煙仔虎隨著漁網被壓碎在捲網機上。大船附近，海面密密麻麻浮漂著許多魚屍。

「就鑽紗出來這些，吶留給咱掠，有夠咱歡喜掠死在海底。」

「來，杓仔舉起來，開來去大船邊，用撿、用杓的卡緊啦！」有人提議去大船邊撈死魚。

儘管好幾艘喊著要去撈現成的，卻始終沒看到任何小船靠近，也沒看到任何一艘舉出網杓撈魚。小船也有小船的尊嚴，沒有任何一艘願意低頭屈身在大船邊撿拾漏網死魚。小船間並未相互約束，那自發性的集體抗拒意識，如一股漩渦正包圍住那幾艘「三腳虎仔」醞釀。

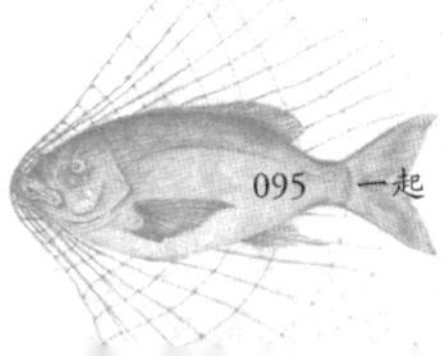

鷗鳥紛飛群集，有種模樣醜陋、全身毛茸茸鴨子般大小的水鳥泊在海面上，牠們隨浪搖搖擺擺，不住點頭啄食那翻肚的死魚。牠們撕裂魚鰓，用嘴喙勾破魚肚，魚隻腸肚溢出體外，海面浮泛著一幅戰場般的破敗景象。也有身體較小、羽毛平滑光鮮的燕鷗，牠們閃爍長白翅膀停駐在空中，倏地箭一樣地刺進水波裡，牠們放棄橫屍遍野的死魚，專心一意獵捕那圍繞啃食死魚的活生生小魚。

「啊，這款海安怎討？」

「改抓鳥仔好啦，鳥仔真多哩！」

「啊，轉來去飲燒酒卡贏，舞半埔，沒采工啦！」

「啊，今仔日確定得吃外面了，掠無魚，沒面子轉去厝內吃。」

嘆氣、自我消遣、自我嘲諷……討海人的命，是否注定必須這麼輕描淡寫、這麼嘻笑怒罵，又不是早睏晚起懶惰抓不到魚，也不是真正沒魚可抓。

海湧伯忽然抓起話機，緩緩但堅定的語調說：「大家作伙轉來去，幹，沒佮抗議一擺，沒好日子過。」海湧伯不認命地爬上塔台，用他尋常看魚的嚴厲眼神，狠狠瞪了那幾艘「三腳虎仔」一眼。

海湧伯掄動方向舵，船身急轉，他率先把船頭看回港嘴。
話機裡靜悄悄沒人答話。

海湧伯再次抓起話機，霹霹啪啪語調硬梆梆直挺挺，他把剛才說過的話，加重語氣和音量，洶湧罵了出來。

阿山仔的船轉過來了……阿溪、阿木的也轉過來了……像海上分列式，像波浪的傳遞作用，一艘艘小船紛紛轉過頭來駛向港嘴。

也有幾艘顧自駛向外海，不願回頭。「沒路用啦，人家船仔大尾，馬力飽足，咱要抗議啥？蚊仔叮牛角，無路用啦！」順仔這樣回應，船頭堅持朝外。

「沒轉來是龜仔子……」、「沒轉來，掠無魚……」、「沒轉來腹肚痛……」連珠砲似的，這裡一句那頭一句，一起已轉過頭來的大多數船隻，輪流罵著仍在外頭猶豫徘徊的那幾艘。

一陣子後，又三、四艘禁不住罵，回過頭來加入返航船隊。最後剩下順仔那艘船，也不答話，也不回頭。

雖然都是十噸上下小漁船，三、四十艘加起來，催足馬力一起回港，隆隆

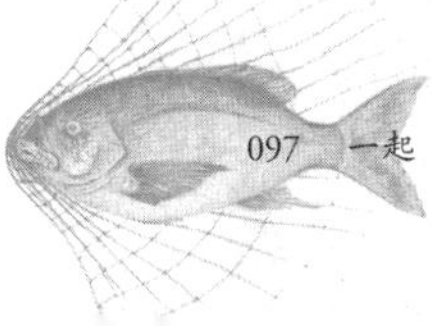

引擎聲足以震開陰霾，船尾掃出的艉浪層層高疊，也算是浩浩蕩蕩志氣高昂的抗議隊伍。話機裡，阿山仔喊著要提供兩打蔘茸，阿水仔說中餐便當看他……每艘船在返航途中相互加油打氣，整個隊伍意氣風發，像滿弓射出的箭。

像肉粽串，小船一艘艘緊緊綁在一起，霸據住了漁會卸魚碼頭。「問題那沒解決，咱咒誓，永遠綁在這！」海湧伯繫纜上岸，回頭跟大家說了一句。

好幾個討海人妻子早已等在碼頭、漁會理事長來了、記者來了、議員和市民代表也來了好幾個、警察緊張兮兮整隊過來，終於，漁業局長滿頭大汗最後趕到。

「大家和氣，大家和氣，千萬不要意氣用事，大家到會議室坐下來談嘛，有什麼問題坐下來慢慢談嘛。」後到的局長倒是忙著先安撫大家。

一陣周旋，好不容易大伙漁會會議室都坐定了。局長清了清喉嚨準備，但才一開口，管他正式會議開場的客套跟禮儀，全被這些討海人應聲給打斷了，幹……幹……討海人土直的把所有的不滿，東一句、西一句，火爆凌亂地傾倒似的全傾吐出來。身材高大的局長不停拿出小手帕擦拭額頭上的汗水，一時不知如何回應。

海湧伯站起來說：「局長請解釋，漁業法規定，圍網漁船應該離岸多遠才能作業？」

局長半回過頭，低聲吩咐隨從官員提供資料。一陣躊躇後，局長終於有點含蓄的舉出三根指頭，輕聲回答：「三海浬，三浬外。」

海湧伯又問：「那些三腳虎仔全在離岸不到一浬的海域作業，局長說說看，這該如何處理？」

局長似乎有點慌亂了，囁囁嚅嚅反覆說：「第一……第一點……這個還有那個……」

承諾的支票長了翅膀，在議場裡紛揚飛舞。對於有法為據但毫無海上執法能力的政府，最好的緩兵之計就是先答應、先承諾，幾乎是有求必應。討海人土直，以為抗議成功從此海底魚抓不完。有人鼓掌、有人歡呼，也有幾個想多撈點繼續發洩著掠無魚的牢騷……抗議書及護魚小組的名冊在討海人之間傳遞簽署。燒酒好幾箱已抬放在牆角，便當如一堆小山擺在門口，理事長掏出幾張鈔票，吩咐多拿些燒酒來，局長的汗水滴落在會議桌面的白紙上。局長唯一確定的是，交代三腳虎仔避鋒頭幾天，之後嘛，之後的事隨後再說，反正海這麼寬。

阿龍嫂勾拉著阿龍手臂，一臉幸福的表情細聲對阿龍說：「第一次這麼合作，討海人一起的感覺真的很好。」

順仔落單的船隻，直到這時，才遲遲款擺著回到港裡，他悄悄把船隻繫在船隊外緣，坐在船舷邊，看著碼頭上熱鬧，他似乎猶豫著該不該上來作伙參與。

海湧伯遞給我一個便當和一罐啤酒交代說：「拿去給順仔。」然後，意味深遠地說：「討海應該這樣，有飯一起吃，有酒作伙飲。」

鐵魚

海湧伯提握住鐵鏢，
拉直鏢繩，
抬頭凝望黑底透藍的天空。
我知道，
他在期盼一條大魚。

船尖掘起白漾漾水花邁浪衝出港堤，湧浪聳揚起伏，船身顛簸搖晃。曙光從天邊雲縫綻裂，一道道火紅朝霞斜披海上，破曉亮點紛紛漾漾浮在海面漂搖。

港堤外，已有數十艘漁船張展著拖釣長杆徘徊在晨霧中。氣象播報說將有鋒面過境，小漁船仍被鬼頭刀魚群吸引傾巢而出，如螞蟻覓食，集結盤繞在沿岸海域。一群燕鷗鳴著嘹亮啼聲通過船群上空，飛魚鼓動蟬翼般薄翅海面滑翔，鬼頭刀輪動跳躍像是騎著湧浪緊隨竄逃到空中的飛魚。

黑潮脈脈汩動，溫紅色旭陽撐張霞紅雲彩浮著海面低空，海湧伯握緊舵柄，僅讓船隻擦觸過船群邊緣，船頭旋即右偏，海湧伯的船若一顆經過的流星，很快脫離了那熱鬧如早市的豐盛海域。已經好幾天了，海湧伯似乎對那性格暴烈的鬼頭刀失去興趣，每天黎明出航前，海湧伯總要站上船尖鏢台，晨風翻過長堤振動他的衣袂，海湧伯提住鐵鏢、拉直鏢繩，然後抬頭凝望黑底透藍的天空。晨禱儀式默默進行著，我曉得，海湧伯在期待一條大魚。

每個討海人都曾作過大魚的夢。縱然寬廣無垠的大海中，再大的魚也不過芝麻點大，小漁船有限的航程，碰到大魚的機會幾乎微乎其微，但總有少數幾艘像海湧伯這樣的船，他們放棄季節魚群的誘惑，遠離鼓噪成群的漁船，在海上馳騁逐夢。像一匹孤獨的狼在荒漠大海中尋找另一匹孤獨的狼。

好幾天了，我們只順路捕獲少數幾條鬼頭刀，熱鬧滾滾的港口魚市，擺滿了其他漁船豐收的鬼頭刀。有人勸海湧伯：「一天兩、三百斤放在海底等你，你到底在瘋什麼？」

海湧伯從來不曾回答。

船隻離開船群一段距離後，海湧伯爬上塔台，傾斜晨光將他臉上的皺紋解析突露，周折密聚恍若海面皺起的風痕，他兩眼茫然遠望似無焦點。也許，海湧伯心中，自有其不同於其他船隻的視野。

蓊鬱遠山，清藍蒼穹，如絲如緞揚動無邊的澄藍大海，船隻擺脫繁華巡遊在單調的藍色視野裡。我曾經跟一位岸上朋友說：「也許我們相距只短短數浬，我站在船隻塔台最高點，這個高度遠低於你在岸上的任何位置，我看到了你在岸上看不到的遠山，看到了城鎮高樓都被壓縮模糊成一道山海間的雲煙……我在海上生活，擁有與你迥然不同的視野。」

塔台忽然一陣抖擻，海湧伯拉緊油線，單手掄動方向盤，船隻傾斜著迴首衝出。海湧伯似是看到了什麼！

如沉藍的夢倏地驚醒，我踮起腳尖循著海湧伯直射視線，在海面上摸索他眼神指住的焦點。可能是一根漂流浮木，或一片被潮水聚攏的泡沫水波，也許是一條曲捲的斷纜，也可能是一群海豚，或者，一隻探頭海面的海龜……好幾次了，結果都不是海湧伯殷殷期盼的大魚。

「幹——」確認不是他心裡那條大魚後，海湧伯鬆手緊繃的油線隨口罵出。船隻瞬間癱軟下來，我們原本高漲的情緒如被托上浪峰，而後鬆手衝落浪谷。幾天來，我們在高低起伏的湧浪間大幅擺盪。從點燃湧聳希望，到灰燼冷滅，船隻總是衝得太快。

海洋如一面鏡子反照日光，我們高站塔台上，酷熱陽光從上、從下又烤又曬一整天，我們恍如懸在竿架上曝曬的魚乾。海水波動無常，有時我們的視線能夠切入水面，看到一絲絲陽光溶在水裡搖擺，有時，海面像覆蓋一層亮光冑甲，我們視線變成一把魯鈍的刀，如何也切不進堅密光閃的海面冑甲。海洋寬廣、深沉、善變，提供了大魚無限迴旋空間，而我們只能在單一平面，用毫無把握的期待來圖繪大魚的夢。

又是一陣聳動，三百公尺外，大片赭紅浮潛水面。引擎捶動雷鳴，海湧伯眼神如犀利鏢尖，顴骨咬牙鼓起，鼻側褶皺，臉頰顫跳不止。

二百公尺，排氣管噴出火花，海湧伯姿態僵硬，如一顆過度飽滿隨時就要爆炸的氣球。

一百公尺，一根似是魚鰭的灰黑鰭片掃出水面，擺了兩下，又沒入海水裡。我們怕跌得太重，還不敢縱火燃燒希望。

五十公尺，海湧伯鬆手油門，手掌橫著掃來，恰好打在我胸口上。

「鐵魚！」海湧伯一聲嘯喊。

喊聲昂揚、粗獷，如一聲破雷，多日的抑鬱沉悶，都隨海湧伯這聲沖天叫嚷剎那間煙消雲散。五十公尺船前，那赤裸裸橫躺海面的，是一條，喔不，是一大片幾乎有半艘船大小的鐵魚乖乖躺在那。

鐵魚，一般稱為翻車魚，唯有討海人稱呼牠「鐵魚」。事實上，這種魚周身柔軟，和「鐵」字所呈現的堅硬意思似乎毫無關聯。除了表皮暗褐粗糙，牠體內全是白皙皙軟骨和雪白嫩肉，身上沒一根硬骨頭。討海人若用沉重的鐵鏢刺牠，只要擲鏢時手尾使點狠勁，鐵鏢往往能刺穿牠的身體。

無論如何，這是一條我們夢寐以求的大魚，一片身形巨碩的鐵魚。

「下去！」海湧伯如喝斥般對我下達命令，語調裡壓抑不住火樣的亢奮。我從塔台翻身跳落甲板，跌跌撞撞地衝進駕駛艙，心跳鼓鼓捶打，一口氣若哽窒住了，一時喘不開來。面對這樣的大魚，我慌亂得手足無措，我很懷疑，我們這艘船是否具備足夠能力來對付這樣的大魚。

舵柄恍若舉棋不定在駕駛艙甲板上左右搖擺，我伸手碰住舵柄，眼睛一抬，海湧伯以一股永不回頭的氣勢已釘立在船尖上。鐵鏢夾在他右腋下，鏢尖斜向右前，指住海面鐵魚。海湧伯兩腳弓膝，身體傾出船尖外，空著的左臂高舉揚動，指尖頻頻點頭向前。這是海湧伯透過手勢告訴我，他毫不猶豫的強烈企圖。

海上作業，除了罵人，海湧伯很少開口講話。平常時候，我在駕駛艙掌舵，他在船尾放鉤或是在船前收拉漁線，他要的方向角度和動力大小，往往都是頭也不抬的就那麼隨手一揮。有時我貪看海上風景，看漏了他的手勢，他手上漁線的拉力和角度，會讓他立刻察覺到我的疏忽。這時，他挺住漁線緩緩抬起頭，表情像一頭齜牙咧嘴就要衝撲過來的惡狼，一連串既狠又毒的咒罵，蓋過引擎響聲，毫不留情的霹啪刺殺過來。這養成了我在海上的習慣，只要手扳著舵柄，我的視線不會離開海湧伯身上。漸漸的，他的每個手勢動作，我都能清楚明白。有一次上了碼頭，海湧伯拍住我的肩膀說：「大聲罵是為著將來。」

海上漁撈作業，每個動作必須熟練而且完美，尤其當漁繩拉力遠超過手臂挺得住的氣力時，即使一個小小繩結錯誤，或是些微疏失，甚或只是一個腳步踩錯繩圈，都有可能造成漁獲損失，甚至危及生命安全。

我左擺舵柄，輕扯油門，讓船尖與鏢尖順成一直線。

海湧伯連串手勢反覆告訴我，船隻以正確方向和穩健速度接近浮躺著的鐵魚。

他凌空指揮著，讓鐵魚從船前右側轉出，這時的距離已不到十公尺，海上鐵魚活鮮鮮轉入我的眼網裡，啊，牠隨著波浪搖擺如沉睡海面的一張大搖籃。

我屏住呼吸，唯恐任何多餘的聲響驚嚇到躺在海面的鐵魚，就像躡手躡腳恐怕吵醒牠的沉眠。儘管船隻和鐵魚的距離已迫在眉睫，但只要驚嚇到牠，只要牠匆匆潛下一、二公尺，我們大魚的夢將即刻瓦解破碎。

鐵魚一般在水面底下三、四百公尺的深度活動，當陽光亮麗，海況許可，牠會浮出海面，然後像日光浴般，整個魚體翻倒平躺在水面上。南風徐徐，海波為床，牠大片身體懸浮在波浪上，兩片划槳般的胸鰭舒張鬆垂，偶爾才揮一下胸鰭讓鰭端掃出海面，那是慵懶無骨、無比舒暢的姿態。看著鐵魚躺睡在海面的模樣，我想到的是睡在南洋海灘椰影樹下隨風搖擺的吊床上。討海人講起鐵魚，常用既羨慕又嘲笑的口吻說：「起來吹風、曝日，乖乖在睡吶。」

最後五公尺，海湧伯左掌急轉翻下，指尖彈琴似的向下急躁彈動。我明白地即刻退掉油門，讓船隻藉慣性衝力，順勢緩緩往前滑行。海湧伯讓船尖以最安靜的腳步躡近鐵魚身邊。

眼看著船尖就要騎上牠的身體，鐵魚睜開眼，瞪看船尖一眼，右胸鰭悶悶甩了一下，好像很不耐煩我們吵鬧了牠的睡眠。我從沒看過這樣大塊而且大方的魚體。

鐵魚外形古怪，像正常魚體斷了半截。牠尾端長著一排波浪狀尾裙，兩片尖三角胸鰭長在尾裙左右兩端，像魚體伸出去的兩根搖槳。牠動作溫吞緩慢，一副與世無爭聽天由命的慵懶模樣。牠隨波逐流像個海上浪子，牠身軀肥碩龐大，動作雍容自在，又像個海洋貴族。

船隻恰恰好若靠碼頭般緩緩泊靠在鐵魚身邊，鐵魚瞪大了眼，看了迫近的船隻一眼，毫無警覺，依舊翻躺著身體。海湧伯兩手挺鏢，如高舉一根鋤頭就要搗下泥地。

好幾次夢見大魚，每個大魚的夢境都很相似，我夢見大魚懶懶的被拖拉上岸，大魚眼珠子無塵晶亮閃耀光芒，牠的血水和體液黏瘩瘩流了一地，血腥臭味四處瀰漫。

海湧伯出鏢剎那，一陣北風吹在我臉上。被鐵鏢刺中後，鐵魚終於翻身立起，高大的上胸翼緩緩舉出水面，溫吞吞搖擺兩下。海湧伯用淒厲的聲音大喊：

「啊，兩隻！啊，啊，底下還有一隻！」

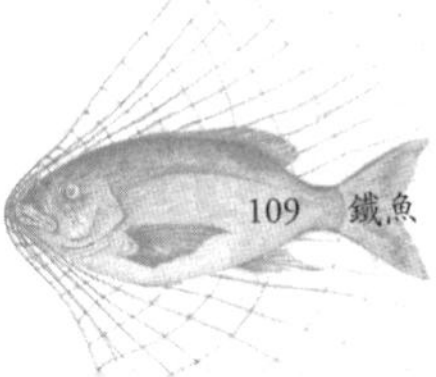

我怔住顫抖了，為牠慵懶的逃生態度，為了我看到牠們兩片胸鰭幾乎平行貼住，同時豎起海面。那是兩條鐵魚一上一下疊躺在一起，中鏢後牠們翻身，兩條鐵魚幾乎沒有距離，彼此磨擦著身子緊緊依偎一起。

我隱約聞到夢裡那股血腥氣味。

兩隻鐵魚如一對水上芭蕾舞者，動作一致的在海面搖擺了一陣，然後拖住鏢繩，潛下水裡。海湧伯斜身俯在船尖，眉頭皺起撐住他前額髮根，鏢繩磨過他的手掌，汩汩竄出。我推動船舵，敲響引擎，船尖追住出繩方向盤旋。陽光沒入流雲裡，海面掀起茫茫白波，鋒面下壓，天候遽變，原本亢奮的「大魚心情」，瞬間翻轉覆沒，一股不安的氣息隱隱擾上心頭。

北風越颳越急，船尾管架裂縫尖嘯出陣陣哨音，滾白浪花綻翻在脈脈浪丘稜頂，海湧伯苦苦撐住，鏢繩直挺挺垂下舷邊水面。船隻止住，這時我想到，船底深處苦苦掙扎的一對鐵魚，海面上，海湧伯有我做伴，有我接手他沉甸甸的鏢繩，不曉得海面下，牠的伴侶是否仍然陪伴依偎在牠身邊？

我回想海湧伯擲鏢前後，牠的溫吞模樣和瞋視眼神，會不會，牠曉得已來不急逃過這一鏢，而為了保護貼身在牠身下的伴侶，牠明明白白以大片身軀為保護傘、為盾牌來承受這一鏢？

海上成雙成對出現的魚不多，鬼頭刀明顯雌雄配對，但牠們通常群體出現，而且，伴侶同游間，時常保持著有機可趁的間隙，這是我第一次看到，毫無間隙緊緊相擁相觸的一對伴侶。彷彿浩瀚大海無數生命中，牠們是彼此的唯一，如此珍惜相遇相知的情緣，如此牢牢一體相守。

繫在鏢繩上的大型浮筒，一下沒入水面一下翻跳上來，浮筒以浮力堅持著一點一滴耗掉水底鐵魚的性命。我們把長鉤杆、大鐵鉤和鏈條起重機準備在船舷邊，從水底到水面，從水面到甲板，就這最後兩段距離，我們就要來圓這場大魚的夢。忽然覺得一陣恍惚，難道這麼輕而易舉，我們就要得到這條以「鐵」字命名的大魚。

我坐在船舷邊等待，真心希望牠的伴侶已經拋棄被鐵鏢刺穿的牠遠遠離開，但我又期待親眼見證一場刻骨銘心的愛情。鐵魚無塵晶亮的眼珠子反覆出現在我腦海裡，無論牠的伴侶是離開或是堅持陪伴著牠，從海湧伯出鏢剎那，這對鐵魚就注定了這場矛盾的悲劇，我又如何能夠期待更悽愴的結局。想起曾讀過一篇捕鯨手記——母鯨見船隻接近，並不害怕，她盤旋打轉，用胸鰭托起幼鯨護住牠，船員們知道，先刺殺幼鯨，就等於逮著了母鯨，母鯨寧可被殺，也不會丟下受傷的幼鯨。

一般魚若是被拉上甲板，會暴烈的用盡氣力猛烈敲打船板，直到鮮血迸出然後抽搐著死去，被船隻鏢中的旗魚，通常會瘋狂衝撞，在海水裡就了結了自己。魚類中鏢或上鉤後，通常會凶猛的掙扎翻跳，讓生命像一顆易燃的火藥，瞬間爆炸、燃燒，迅速歸於寂靜，面對船隻的拘捕，牠們用火焰樣的生命，燃燒出美麗而沉痛的火花。

船下中鏢的鐵魚已撐過半個鐘頭了，感覺牠溫溫懦懦，並不衝撞，也不翻跳，只用龐大的體重和溫吞的生命與我們沉沉耗著。

苦苦耗過了一個鐘頭，浮筒終於像戰死沙場的鬥士橫倒水面。海湧伯仰動下巴，我操作船隻趨前。

我和海湧伯上下交手，自海水裡拔回鏢繩。

鏢繩下端仍一陣陣顫動，這條鐵魚仍活生生搖划著牠兩根大槳。海湧伯表情嚴肅地說：「沒看過這麼韌命的魚。」

浪濤已高仰到三公尺上下，甲板晃盪不安，高掛在塔台側的起重機鏈條隨船身搖顫一陣陣碰撞發出錚錚脆響。遠山陷在一片蒼茫水煙裡，詭異不安的氣息忽然籠罩在船隻上空。

中鏢這條鐵魚繞著「8」字形圈子，緩緩浮上水面，果然，與我判斷一樣，牠的伴侶緊緊貼住牠跟著浮上水面。

牠的伴侶始終像牠的影子，跟隨著一起被拉近舷邊水面。我寧願相信，這是海湧伯一箭雙鵰，同時刺穿了這兩條鐵魚。

海湧伯用起重機彎鉤鉤住受鏢那條鐵魚，我開始一把一把拉動起重機鏈條。鐵鍊唰唰尖噪聲中，中鏢這條鐵魚被一吋吋拉離水面。啊，這不只是鐵魚巨大體重的負荷，我感受到，那是無比沉重且沉痛的拉力，我眼睜睜看著牠和牠的伴侶被一吋吋拉開。

這條鐵魚被吊離水面，兩片三角胸鰭仍垂在水裡，牠的伴侶舉著胸鰭攀上

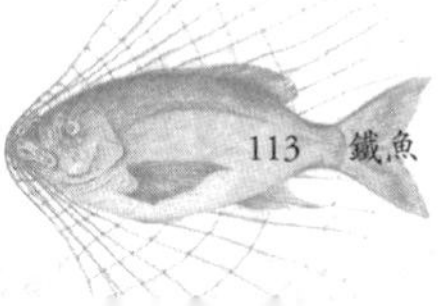

去、貼上去，真像是趁著最終一刻緊握住手不忍別離的一對情侶。

「啪啦！」一聲巨響，懸掛住起重機的纜繩，爆炸般碎裂出小股繩絮，起重機上吊著的這條鐵魚懸空側翻，重重摔下前甲板，大股波浪灌進船舷，右船側被這重重一擊，傾側幾乎翻覆，我和海湧伯一陣踉蹌，差點跌下水裡。這條鐵魚的頭部和前段身體跌進甲板裡，尾裙和兩片胸鰭橫跨在右舷上，至少上噸重的魚體，偏壓在船隻右側，船隻左舷翻仰突起，右舷半沉幾乎探入水面。

牠的伴侶緊靠右舷，隨著波浪起伏頻頻探頭張望已經跌躺在甲板上的愛侶。船上這條鐵魚，沒任何掙扎翻跳，只一下下搧打著牠的胸鰭，像是在驅趕牠的伴侶離開。

我和海湧伯用盡所有力氣和辦法，始終無法將掛在船舷上的這條鐵魚挪進一分一釐。牠身上附生著斑斑綠藻和叢叢紫色水螅，像一塊肥沃的花園，牠嘴巴一掀一闔，發出咻咻的嘆氣聲，牠嘴角咕嚕一聲嘔出一灘血水，牠眼珠子仰望天空睜著眨著一窩水光。牠撐過了折磨，忍住了性命，但再也看不到牠海上的伴侶。

牠不停搖擺胸鰭，像在對牠海上的伴侶揮手道別。

失去牠彷彿失去了魂魄，牠的伴侶徬徨無依，愣在船邊不走，像在苦苦哀求我們。

我轉頭想告訴海湧伯，將牠的伴侶一起帶走吧。

海湧伯俯趴在船上這條鐵魚身邊像在尋找什麼，我們才發現，鐵鏢、鏢繩、鐵鉤和起重機……所有能將牠的伴侶鉤拉回去的工具，全被船上這條鐵魚緊緊壓死在牠寬廣沉重的軀體下，像一座堅毅不動的山，牠穩穩鎮壓住船上的所有武力。

船隻啟動回航，船身劇烈傾斜，像跛腳般行走在坑凹不平的北風浪中。

海湧伯放低船速，謹慎的在瞬息萬變的波峰浪谷間選擇回航通道。

牠海上的伴侶，從前舷緩緩落到船後，距離漸漸拉開，牠胸鰭屢屢劃出海面，搖擺著切剖浪峰，似在奮力追趕我們船尾鼓起的泡沫。

躺在前甲板那隻鐵魚，沉沉鬆嘆出一口長氣，胸鰭也高高舉起，彷彿在對牠海上的伴侶說：「永別了，我的愛。」

從來沒看過像鐵魚這樣溫弱、摯情和堅韌的魚。牠溫吞緩慢幾乎毫無抵抗的任我們折磨欺凌，牠展現鋼鐵般的堅韌生命掙住了別離前夕和牠伴侶相偎相守的每一分每一秒，牠們那相護相持不忍別離的似鐵深情……都讓我們這場海上戰鬥失盡了光采，讓我們大魚的夢沾染了血腥罪惡。

我坐在駕駛艙橫板上，一身潮溼血腥，想起曾經告訴一位岸上的朋友：「如果能夠選擇來生，我願意是海裡的一條魚。」此刻，我恍然明白了，從刺殺這對鐵魚的剎那起，我已經永不回頭走入當一條魚的輪迴裡。

我轉頭看海湧伯篤定的神色，我敢確定，他早就準備好讓自己是一條魚。

船頭破浪高仰，滾白浪花如千軍萬馬在船前崩裂坍塌，港口長堤若一道黑線隱隱浮現浪緣。船隻朝向港堤斜身危危衝浪，隨時都有可能翻覆。

我低垂著頭，不忍再看一眼船前、船尾那兩根遙遙相送的胸鰭。

——一九九五年時報文學獎散文類評審獎

六月淡季

六月南風起，討海無海路，
昨夜的收獲其實不夠油錢，
並不理想。
我看到駕駛艙裡
海湧伯一貫冷酷表情裡
依稀透露的歡喜，
我知道這是六月淡季裡知足的喜悅。

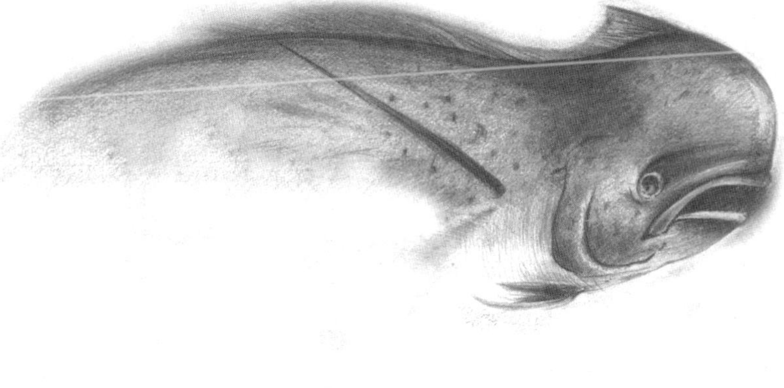

六月南風起，風裡四處飄溢著陣陣成熟金黃稻穀曬飽陽光的氣味。

午後，陽光威炫，船渠裡擁擠著停港繫泊的漁船。船上漁繩、漁網……大小漁具全都覆上了遮陽帆布，如人去樓空的房子，傢俱都蓋上一件件防塵布。船桅上的小旗幟輕舉著南風飄搖，港區一片寂靜，漁人都已避暑離去。

六月大南風，黑潮受東南季風推動，如火上添油，日日洶湧如湍急大河，黑潮懷抱裡攜著的浮游魚群，隨湍急海流離岸更遠，沿海底棲魚偏偏這季節又深藏蟄伏，不輕易索餌。

有次返航途中，海湧伯油亮烏黑的臉龐裡撐起幾道焦黑皺紋，嘆口氣說：「六月火燒埔，討海無海路。」

這款南風艷陽天，漁港得在日頭稍稍偏南後才逐漸復甦，魚市拍賣聲喚醒了昏沉沉的悶熱午後，一箱箱從冷凍庫拖出來的「冷凍箱仔魚」，是這個季節拍賣場上的主要魚貨，稀少的「現撈仔」魚，一條條都在玻璃纖維魚箱子裡被碎冰半埋珍藏著，對比出其尊貴暴漲的身價。

魚市裡終於出現幾位討海人，不像漁季裡他們卸魚、搬魚忙碌得總是一身汗水臭腥，暑假中的他們，像看魚的觀光客般閒散的在魚市裡走動，難得在港區裡穿戴整潔，一個個身上的衣物彷彿才漿過、燙過，散發出難得乾淨的好氣味。曬成褐紅色的臉孔和偶爾來句粗聲大氣的話語，才暴露他們有別於魚販、有別於觀光客的討海人模樣。

那是大海裡討生活如何也無法隱瞞的討海本色。

大南風起，討海人給自己幾天暑假，這些天裡，他們閒著逛著，不曉得為什麼，自然而然的還是走回漁港來，像個愛遊蕩的丈夫，最後會在不知不覺中轉回到自己家門口。

討海人閒不住，有幾艘「全年無休」的漁船依舊抱著「多少無論，加減撈，加減好」的勇氣，天天出海作業。這幾艘船的漁獲成了其他討海人假期或長或短的指標，討海人假期中來到魚市，除了彼此鬥嘴閒聊打納涼，主要是來觀察持續作業的這些船隻抓了什麼魚和抓到多少量，值得的話，他們即刻就會結束六月假期，回船上整備相關漁具，準備出海作業。

大多數討海人的六月暑假通常只清閒個兩、三天，就紛紛回到港船邊整理

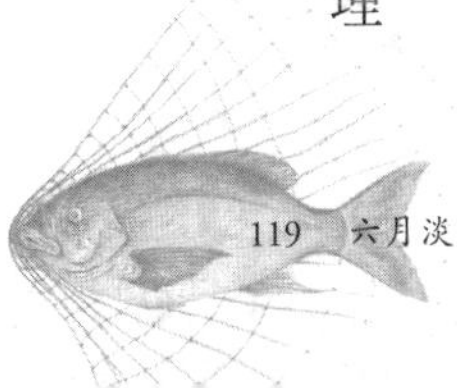

漁具。阿溪將一具笨重的發電機吊下船艙，打算夜裡海灣裡放罟火捕「四破魚」；添旺在漁會屋簷下清理一簍簍繩鉤，打算凌晨時下餌鉤捕抓深水「紅鰲」；阿山船邊清理一座三層網，等一有颱風來，出海抓些「風颱魚仔」；海湧伯在漁會牆腳邊遮住「西照日」的斜影裡，攤開一地深藍色刺網做整理。

海湧伯弓著背，將網絲鉤掛在腳趾，拉撐，然後飛快地穿梭手裡的竹針，像是在縫補一件碩大的藍布衣裳。我試著幫忙補網，但那交纏綿黏的漁網軟趴趴糾纏一地，每個網目都得先釐清它縱橫相依的網結，而且每條網絲、每個網目面貌完全相同，光是要理出頭緒都相當費神，何況是找出破綻並縫補其中破洞。

海湧伯手中扁平的竹針飛快的在網目間穿繞盤結，大概猜出我的困擾，頭也不抬的說：「想補網？三冬五冬。」

烈日將堤防邊的幾叢鳳尾蕨曬得枯垂萎頹，南風約集了地面暑氣飄逸在網孔間，海湧伯繃著臉一句話也不多說。即使有人停步在網堆旁看他補網，他兀自手腳忙碌，不抬頭也不說話。

我發現海湧伯在整理漁具時，最不耐煩講話，甚至要抓什麼魚也不願提及。

有次阿山偷偷告訴我：「海湧伯這個人是卡搞怪淡薄，但這種事嘛，不信又不行。」阿山說：「好幾次類似經驗了，譬如說，我在掛餌準備隔天抓紅目鰱，若有人過來問：『啊這要抓什麼魚？』很奇怪，我腦子裡浮現的不是紅目鰱，而是一些沒價錢的雜魚。離奇的是，這個念頭一出來，彷彿就蓋印注定了結局，第二天，果然抓不到高價的紅目鰱，一尾尾拉上來的全都是前一天動念間心裡想的那些雜魚。」

阿山繼續說：「更奇怪的是，譬如說，有個知道我要抓紅目鰱的朋友過來說：『啊，明天抓到紅目鰱留兩尾給我。』夭壽喔，這兩尾的『兩』字，就像魔咒般給鎖定了，第二天，一千多門漁鉤下去，不多不少，果真就只抓到被交代的那兩尾紅目鰱。」

海湧伯補網要抓的這種魚，緘默鞏固在他內心裡，彷彿是個神聖不可侵犯的祕密。這種魚，海湧伯只允許自己在內心裡編織，不願意被任何人打擾。漁網是海上狩獵陷阱，沒有一個獵人或漁人，願意在捕獵撒網前談論他的陷阱。

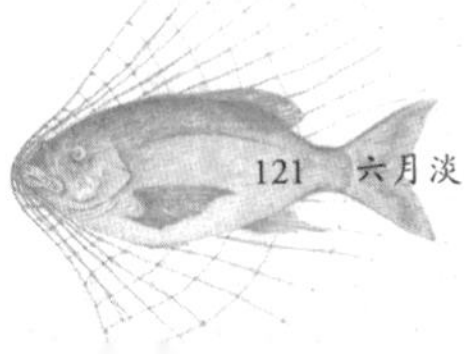

海湧伯只在補網完工後對我說：「這款天，來去海底睏卡涼。」

隔天午後，藍色漁網如一座小山堆疊在海湧伯船隻後甲板上，離了港後，船隻沉沉穩穩向東南朝外海駛去。炙熱火球漫步橫越弧闊天空後，浮雲畏縮退聚在西天山嶺，火球挪步西斜，恍若乘勝追擊的武士，不將戰場抹出一片猩紅血色誓不干休。

暑熱水氣氤氳蛇擺蒸出海面，船隻浮泛在大片熾閃的金黃光影裡。

船頭犁過數道海流交界線，水色越來越藍、越來越濃，一段漫長水路後，船隻已駛進黑潮海流裡，一丘丘翻白的南風浪綻開在墨藍水面，船隻停泊漂流，等候天黑。

我坐在船舷上，俯看著船身圓滑弧線收攏深埋在舷牆底下的水線裡，浸在水裡的船板上，漫生著各種海藻及藤壺，幾隻小蟹攀住船板，在火山口樣的藤壺間覓食，細小如針尖的魚苗群集在船邊陰影下，一群水母舞著裙襬隨波滑過船側……我感覺到，船隻已闖入富含寶藏的大洋懷抱裡。

遠山墨沉矇矓，以強烈的對比色差托住山頭的火紅金陽，耀武揚威一整日的這顆赤熱火球，終究還是落得被山嶺啣噬的命運。彷彿不甘心就此沉淪，夕陽煥出餘威，將西天雲霞炒熱翻騰若一片火焰波濤，著火的彩雲燒紅了半邊天，海面映出火燒紅光，船隻恍若漂浮在一片赤熱火海上。

我終於明白，海湧伯說的「六月火燒埔」的火燒景象。

船隻左右大約兩浬外，各有一艘漁船停泊，相隔這樣的距離，鄰船看起來大概就像一只酒瓶漂在海面，但海湧伯千里眼一樣，拿起話機就呼叫了左右鄰船船名，彷彿他真的看得見鄰船船身上漆寫的船名。想不透，海湧伯如何精準辨認進入視線裡的大小漁船，每次問他，他總是回答說：「看久就知。」

話機裡傳來熱鬧回應，至少有十幾艘船話機裡彼此呼叫，六月淡季，漁船白晝裡如躲在洞穴裡的蝙蝠，紛紛在夕陽西下的傍晚出巢覓食。

海洋看似寬廣無垠，但每座漁網約有一、兩浬長，為了避免放網時漁網糾纏，也為了確保足夠空間攔截游魚，作業船隻間的適當間隔至少得讓出漁網長度。趁天黑前，作業船隻彼此熱烈地在話機中協調相互位置。話機裡，那為了撒網領域而爭論不休的火熱聲調，讓我覺得海洋並不如想像中寬廣。

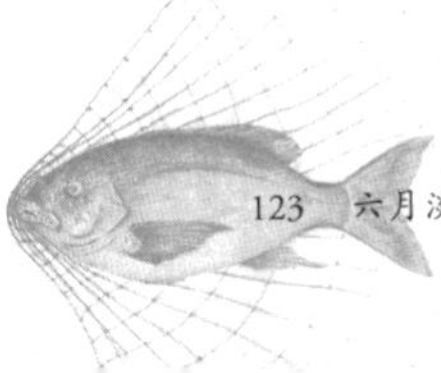

火紅天光逐漸暗轉，夜色悄悄掩來，南風變得垂軟，殘風裡仍有散不去的陽光氣味。海湧伯說：「南風怕鬼。」天黑剎那，南風只剩游絲殘喘。這時，如無聲的起跑槍響悄悄鳴放了，海上待命的放網漁船紛紛飛快衝出，甲板上原本滿載的漁網，都化作甲板上一條騰動的蛟龍，漁網滾盪著翻過船尾板，落海前網住些南風尾和天色最後餘光，一整座長網漸次沒入黑沉沉海裡。

少了南風，少了光，海天界線融溶在黑暗混沌裡，黑夜似一張緊密蠕動的漁網從四面八方裹住船身，引擎賣力掙扎，急欲擺脫夢魘似急湧而來的黑夜。

漁網撒定後，船隻像巡守的衛兵，回頭巡繞這座水裡長牆一周。海湧伯舉著探射燈循著成列的海面浮球檢視漁網。漁網網絲緊緊交錯深深埋入水面底下，飛魚在淺網孔隙間穿梭，拍出水花，像是驚喜發現夜涼海上這麼特別的一座遊樂場，幾隻海鳥勾著脖子孤腳站在浮球上，這是茫茫大海中難得尋覓的歇腳客棧。

每趟巡網回來，大約有一個小時的休息空檔。船艙裡燠熱窒悶，我和海湧伯都寧願像一條被拉上甲板的魚那樣仰躺在露天甲板上。星斗漫天擁擠，夜幕裡閃閃爍爍，甲板隨浪搖擺，船桅似一根來回揮動的魔棒，每次來回，都揮灑出一道道湧流星河，如往復撩撥著黑絲絨裡的千萬顆璀璨晶鑽。

我躺在星空的搖籃裡，時間像是失去刻度，遠方傳來魚隻跳躍的水聲，船隻恍若在雲端漂流。循著星光釋放的歌聲，船隻在棉花田似的雲浪上盤旋飛翔。

話機咯咯響起，一下讓船隻墜落海面現實。

「啊，十幾天了都在海上過夜，魚仔賣賣咧剛好夠油錢，賺到的是嘸夠眠。」

「還是要出來看看咧，兩天嘸出海，骨頭強要酥酥散散去，出來又要喊艱苦掠無魚。」

「啊，你不知，回到家才躺下去，我家那個腳腿就壓過來。啊，哪有法度，十幾天睏眠攏無夠，哪有法度。」

「好嘛，好嘛！明那仔來休一天，整天來給阮某壓腳腿。」

「啊，按呢夠卡嘸好，骨頭一下給酥了了去。」

「一下來海中，我衫褲攏脫了了，海底無人看嘛無人管，真正自由。」阿

山無端摻進一句。

海湧伯伺機補了一口：「卡小心咧，那被魚仔啄去，到時要給某壓腳腿煞無法度。」

話機裡咯咯呵呵響起眾多笑聲。

第四趟巡網，掃燈下，網上清楚零落掛著些銀白魚影，但這大概不是海湧伯心裡要的魚吧，船隻似是不屑一顧繼續前行，沒有為這幾條掛網的魚稍做停留。

巡到漁網中段，幾顆浮球扭在一起，半埋半沉，海湧伯啊一聲，推倒舵柄，船隻猛然迴轉，他手上燈束像是圓規的圓心針尖，直挺挺踩住海面半沉的那幾顆浮球。船隻繞著支點盤轉，逐漸靠近，燈光下，水裡有塊黑影，像是伸展著手腳奮力拉皺了原本平滑的一段漁網，像一「坨」大蜘蛛張腳霸據在網子中央。海湧伯觀看了足足有三分鐘那麼久，挪開燈光，失望的罵了一聲：「幹，魟仔啦（不值錢的小魟魚）。」

巡過網第四度休息，海湧伯躺在甲板某個角落，靜悄悄的沒一點生息。黑暗似乎拉開了我們的距離，我不曉得他是否睡著或是還惦記著心網裡那條魚。因為黑暗，我感覺船隻不斷延伸擴大，直到像一座海上孤島那麼大，海湧伯應該是躲在孤島脊嶺後遙遠的山背那邊。半夜了，話機無聲無息，失去互動話語，好像海上所有作業船隻都憑空消失了，舷外是無止境的暗，那是比海洋更寬更大更無遠弗屆的黑暗和寂寥。就剩下星空點閃了，藉那遙遠微弱的光，我才能確定自己的存在。

「商船啊！商船啊！」話機裡忽然噢出一陣尖噪呼喊，好比警報器蜂鳴響起。鄰船通報有貨輪靠近。

海湧伯船燈全打亮了，原本無限寬廣的整座島在燈光下急速萎縮，剩下隨浪搖晃的窄隘甲板，海湧伯就站在五、六步外，手持探射燈倚靠在船舷上看向前方黑暗海面。

北側海上，似從海底昇起般，聳出好幾盞明燈，燈光概括勾勒出商船的巨大輪廓，那是艘近似透明的龐然巨獸，靜默快速地朝我們這頭飄動過來。海湧伯迴動船隻，守住網頭，朝向大船搖擺射出探照燈束，像在開火抵抗這頭近逼

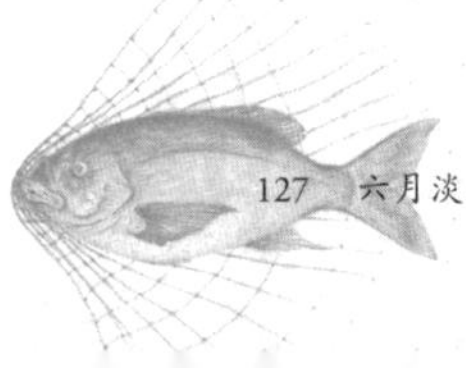

的怪獸。

大船看見了海湧伯甩出的閃燈，轉了好幾度，恰好偏離網頭，商船高大的舷牆掃出隆隆引擎聲旁過我們船邊，一陣大浪聳揚，劇烈搖晃我們船隻。海面上我們的網頭紅燈倏地高高上衝然後摔下深谷。海湧伯穩住船舵，急急抓起話機呼喊南側鄰船，小心商船。遙遠南側海面顫搖起一束閃燈，大船再次旋身向外。漁船連接成一道堅強火線，聯手抵禦這艘幽靈般接近的巨獸。

擁有巨大動力的商船，時常在夜暗海上神出鬼沒般出現。那高高似在雲端的駕駛艙，可能不易察覺海上低微的漁船船燈，何況繫在漁網網端的小燈，商船的引擎聲悶沉如溶在水裡，漁船不易憑聲音警覺到大船靠近，因噸位大商船無法如小漁船俐落改變航向，假如漁船不在一定距離外發現它、警告它，它會像一把巨大的鐵斧迎面砍向纖弱如蛋殼的小漁船，或者將撒在海域裡的漁網如攪拌麵條般的輾斷、攪纏。巨大的商船像個莽撞出現在夜半海上的飄遊鬼魅，漁船紛紛手持光束長劍，如一艘艘驅趕鬼魂的海上道士。

接著幾次巡網，海湧伯都沉著臉回來，看來他心網裡那條魚還沒出現在漁網上。

氣溫轉涼，海面興起陣陣微風，星空彷彿被撐開遠離不再低垂擁擠，一道白沫水波發出細微嗦嗦聲橫過船底。海湧伯側耳傾聽，嘴角泛出一絲笑容說：「流水動了。」

舷邊水聲洩洩，甲板麻麻顫顫引擎啟動，一再顯示海湧伯迫切的心情。探射燈輻射灑出，如一道架在船隻與海面間的光梯，我們的視線乘著光梯滑入海水裡。這次的漁網呈現異常景象，海上浮球不再撐張筆直，好幾處網緣扭折彎繞，還有些地方纏做一堆，整座漁網似是經歷了一場激烈的衝突。

水裡一條頎長閃著黑凜凜光澤的魚影斜掛在漁網上。我轉頭看向光束後的海湧伯，黑暗駕駛艙裡海湧伯晶亮的眼神回答了一切，那眼神像在說：「沒錯，沒錯，就是這條。」

大動作掉轉船頭，海湧伯將船燈全數點著，昂著聲調高喊：「起網！」

漁網夾帶海水隨捲輪轉動飛濺四散，起網機鼓鼓盤轉，將我們的希望一吋吋捲近船尾，宛如期待大獎揭曉的片刻，我們專注看著隨網浮起的魚影。

從看到水裡魚影到魚隻被拉出海面，大約有三分鐘時間，這三分鐘裡，海水波痕像各類透鏡使水裡魚影忽大忽小不斷閃爍變形，加上燈光搖搖晃晃造成幻覺，一直要等到魚體拉浮出水面，我們才能確定這條魚的種類和大小。期待的心情加上不確定所引發的好奇，一路刺激著我猜疑的情緒。從每一條魚影出現開始，先是水裡晃閃的影子霸據了我所有注意力，小魚？大魚？目標魚或雜魚？多變的組合和意外驚喜，讓這漫長艱苦的收網工作添了些遊戲般的趣味。

我發現連海湧伯這樣的老討海人，也興致勃勃玩耍著猜魚遊戲。

那條魚終於來了，在海湧伯心底隱瞞多日的那條魚終於拉近船邊。海湧伯在魚體還深埋在水裡、還是一片飄渺虛幻的影子時，即興匆匆嚷出來牠的名字：「雨笠啊，是雨笠啊！」這一刻不曉得等了多久。從補網開始即深沉累積在海湧伯心底的這句呼喊，終於在這片刻得以暢快渲洩地喊出來。

這是一尾「雨傘旗魚」，也稱為「芭蕉旗魚」，牠背鰭高聳幾近身體長度，浮游水面時，常把高大的背鰭舉出海面，從船上看去，還真像是一把撐開的傘半翻在水面。討海人稱牠「破雨傘」或「雨笠啊」，都是以牠形似雨傘的高大背鰭來稱謂。

這尾雨笠啊在天光微明時被拉上甲板，海湧伯兩手捧著魚，端看了好一陣子，像是捧著得來不易的寶物。他滿臉笑容如東方天際初露的朝霞。

曙光伸出海面，漁網漸次回收到艉甲板上，有點像是從漁網裡釋放昨日傍晚網住的紅霞天光和南風餘尾，火的種子和風的種子，風、火恢復自由飄搖著逸向天空，晨光蓄積著火燒氣勢瀰漫海面低空，南風助長火苗，將很快的半邊天空拂出漫天紅霞。

火球從海面奮猛拔起，揚起千臂光芒將萬鈞熱力抬舉半空。似是要為前日的沉淪復仇，天邊映染的紅霞還不及退卻走避，迅即被白熾耀眼的光芒顛覆取代。那再起的蓬勃威力，沒讓破曉、黎明的過程浪費太多的轉場時間，六月火辣的艷陽才昇出海面，隨即從海天之際拋撒出滾燙的熱力。

海湧伯戴上斗笠搧擋尖銳火燒的炎陽，船隻返航，南風搧動浪流如一隻隻巨掌湧推船身，海面一片金黃耀眼。六月南風起，討海無海路，昨夜的收獲其實不夠油錢，並不理想，我看到駕駛艙裡海湧伯一貫冷酷表情裡依稀透露的歡

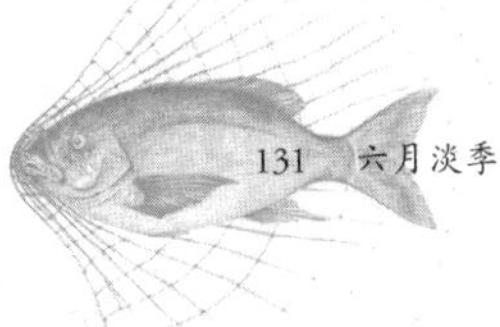

喜，我知道那是得到雨笠啊，是海湧伯心網裡網住這條魚的喜悅，也是這六月淡季裡知足的喜悅。

旺盛發

比起我和海湧伯的同舟情誼，
旺盛發上更有牢不可破的
手足骨肉親情，
那既是親人
又是海上依存伙伴的懇摯情感。
在旺盛發上我看到眞正的父親，
眞正的兄弟和眞正的兒子。

旺盛發很少泊在港裡，他出海作業次數比起港內任何一艘漁船都要頻繁。船長是個六十多歲的老漁人，矮矮壯壯，被太陽曬得黑黝黝的臉龐經常泛著紅光，看起來不過五十上下年紀，經常戴一頂墨綠色毛線帽，毛線帽上還纏著一條白色布巾。

常常，我們海上作業時，一陣船聲背後駛來，不用回頭我和海湧伯都知道，是旺盛發這艘船靠過來打招呼。

海湧伯隔著船舷對他們高喊：「卡差不多咧，歸海魚仔強要被你們抓了了啊！」旺盛發照例會和海湧伯來幾句互貶互褒。雖是返航，旺盛發甲板上沒看到一個人閒著，拉漁繩、掛餌鉤……船上每個漁人都在工作。收獲對他們來說，只是逗點而不是句點。他們個個容光煥發，笑容滿面。看得出，他們流過汗、他們辛苦收獲、他們看到每一天的破曉曙光。

大清早，當我們才開始作業，旺盛發已經完成一天工作在返航途中。回到港內，他們稍稍整備，旋即再度出海，討同一天的第二番海。旺盛發有四個「海腳」，年紀最小的大約才二十出頭，稚氣笑容後還看得見臉頰上長著的幾顆青春痘。老船長是父親，帶領四個兒子在旺盛發上捕魚。辛苦、風險，如今從事沿海漁業的年輕人越來越少，也不少討海人紛紛上岸另謀生活，老船長卻留住四個海洋的孩子。

海水似乎洗盡了一般年輕人常有的驕妄習氣，旺盛發上的四個年輕人樸素、不多話、笑臉盈盈，是現今社會難得一見並不毛躁輕浮的年輕小伙子。

旺盛發是一艘八成新的木殼船，可能是父子一體的陣容，這艘船給人特別結實穩重的感覺。不同於其他漁船，旺盛發的甲板始終收拾刷洗得整潔清爽。港堤碼頭上，時常聽到這矮壯微胖的老船長呼叫他的「海腳們」：「囝仔們來這，趕緊，這些搬上來……」隨後，這位老船長總會看著這些孩子工作俐落而感嘆讚美說：「啊，這些囝仔。」他們一家子一起流汗，一起收獲，一起承受海上生活的顛簸，一起度過海浪的風險。老爸爸左一句囝仔右一句囝仔，我彷佛看到一具屋簷架在他們頭頂上，外人也不難感覺到，屋簷下家的溫暖。旺盛發是他們海上的家。

比起我和海湧伯的同舟情誼，旺盛發上更有牢不可破的手足骨肉親情，那

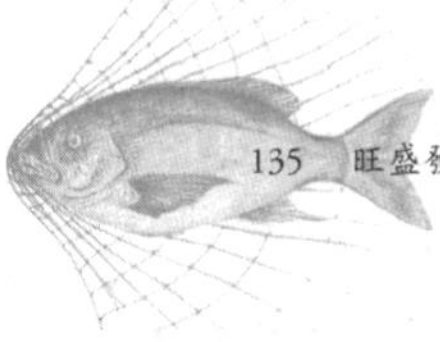

既是親人又是海上依存伙伴的懇摯情感。在旺盛發上我看到真正的父親，真正的兄弟和真正的兒子。

也難怪，旺盛發的漁獲在港內始終數一數二，很多討海人只管稱呼這艘船「海軍陸戰隊」，形容他們很能拚、很耐操。他們很少閒著，即使在碼頭上等待天候海況轉變的出海時機，他們不像其他漁人，通常聚在一起喝酒聊天，他們補網、拉繩……他們沒有一個人閒著。

老船長教給兒子們的是生活、是真正的海洋，他們懂得在海況、天候未露出機會前做好十足準備，他們把握住海洋顯露的任何一點機會，他們用充足的準備，隨時就要放手一搏。

鏢旗魚季節，有一次，我和海湧伯的船在外海黑潮裡與旺盛發大約相隔兩百公尺。搜尋了半天，我們都沒看見半尾旗魚。

旺盛發上那個名叫「阿木」的大兒子，突然一聲大喊，即使隔了一段距離，我和海湧伯還是被這聲喊叫嚇了一跳。

整艘旺盛發立即活猛了起來，左扭右擺，排氣孔吐出縷縷黑煙，整艘船毫無延滯，立刻暴衝而出。大兒子和長著青春痘的小兒子已經站上船尖鏢台就位，兩支長鏢杆挺挺舉起；二兒子伏據在兩位鏢手身後，身子壓得低低的，遠遠看去幾乎是俯身貼著鏢台，他單手高舉，在空中不斷掄著圈圈；整艘旺盛發在他的指揮下，傾側迴身，劍一般揮了出去。

鏢台上兩個鏢手兒子，身子前傾，重心挺出船尖外，兩膝微曲，他們握持長鏢杆尾，鏢尖斜指著海上竄游的旗魚。老大阿木持續高聲叫喊，叫出了全船高昂一致的戰鬥火花。老父親掌舵，老三一旁操控油門，整艘旺盛發化為一條比旗魚更大更凶猛的大魚，齜牙咧嘴，追擊著獵物。

他們一家人都伏貼在旺盛發這尾大魚身上，他們化作大魚鼓動的尾鰭、化作大魚眥裂的眼、化作大魚掀唇的利牙，緊緊尾隨盯咬住這條竄游的旗魚。

海湧伯看了這倉卒間爆發出猛虎般勁力的旺盛發，不禁讚嘆道：「水，真正水！」也是鏢魚高手的海湧伯這麼說：「沒看過海上這樣水的一家人、這樣活的一艘船。」

旺盛發傾側迴轉，旗魚桀倔，他們堅持緊追不捨。舷外白沫水花紛飛，船

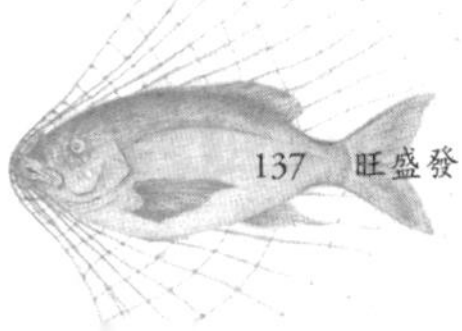

上吶喊聲持續不歇，他們一家人融做一支熾烈閃耀且撐滿弓弦的箭。

兩根鏢杆，像旺盛發兩根細長尖銳的前牙，一心一意伺機就要嘖向水裡那尾奔游的旗魚。擔任副鏢手的小兒子聳起右肩準備出鏢，大兒子握挺主鏢，附和著副鏢手動作。

出鏢了！

張緊的絃迸射出去，副鏢出手不超過一秒，主鏢隨後跟上，兩根鏢一前一後，直挺挺立在水面，天衣無縫的深深嵌入旗魚背脊裡。

海湧伯忍不住大聲喝采：「真水的一家人，真水的旺盛發。」

駕駛艙內的老船長應該會探出頭來說：「囝仔們，卡緊，把魚給拉上來，啊，這些囝仔……」

那天，只有旺盛發一艘船鏢到旗魚，今年第一尾旗魚。

碼頭上，四個兒子提住旗魚胸鰭尾翼，老爸爸提著嘴尖，一起把旗魚抬上拍賣場的磅秤上。圍觀的人很多，他們老媽媽也在人群裡，兒子們還沒長大前，她曾和老爸爸在海上捕魚，如今兒子們都大了，一個個都精壯得像磅秤上那尾一百二十七公斤重的旗魚，老媽媽在一旁露出滿意的笑容。

旺盛發很少泊在漁港內，倒是海上時常遇到他們。他們老媽媽常在漁港碼頭走動，囝仔們都已長大，她放心的讓老爸爸帶著他們在海上馳騁。

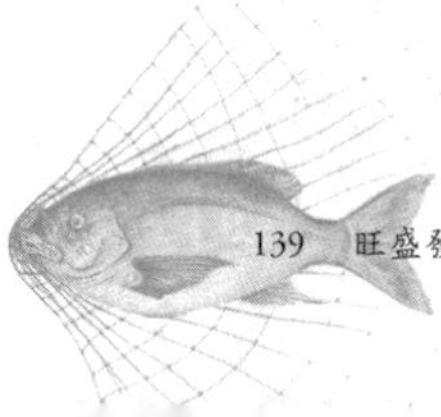

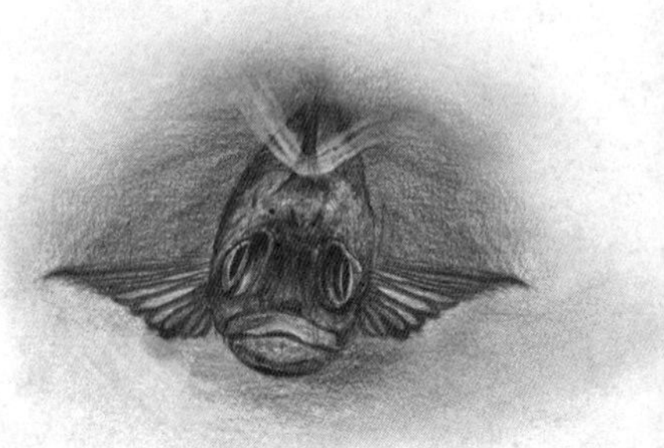

夢魚

看著海湧伯汗溼的背影，
我心裡逐漸平緩踏實起來。
無論這尾魚上不上來，
至少我們擁有了一場海上傳奇。

轉出港堤，原本在海面上奔馳無阻的北風猛然側襲船身，風勢撞擊舷牆後往上翻拔，船隻塔台上，我們褲管因灌滿冷風如氣球脹氣顫搖不止。出了港嘴，我們不再多話，開始專心一意搜尋海面旗魚。

第十一天了，旗魚汛季開始已經第十一天了，海湧伯這艘船還沒鏢到魚。每天清晨，我們滿懷希望出港，盼望能在這一天載一條肥碩的旗魚回來，但每天傍晚，我們默默返航，甲板被潑進舷內的澎湃波浪刷洗得空曠、潔淨，沒帶回任何腥漬魚影。

漁季開始的前幾天，海湧伯還能為鏢不到魚自我解嘲地說笑，後來，幾乎每天出航，我們在海上看到別艘漁船揚起黑煙盤旋追魚，我們眼睜睜看著其他鏢船勇武地鏢獲旗魚，而我們卻連續十一天看不到一條魚。

海湧伯的笑容越來越僵硬，直到這些天，連他偶現的微笑也都如浪花般瞬間泯滅。

我們天天空手回港，返航逐漸成為我們沉重的負擔。每天傍晚，包括期待豐收的漁人家屬，等著選魚買魚的魚販，來港裡看熱鬧的遊客，漁港碼頭旗魚漁季裡每每聚集了等待鏢魚船回航的人群，他們沿著碼頭排成長長一列，伸長頸子迎接每一艘進港的鏢魚船。

鏢獲旗魚的船隻，瀟灑翩翩的泊靠在人群簇擁的碼頭邊卸魚，接受圍觀人群的歡呼及讚美。縱然躺在甲板上的旗魚比起活生生的漁人更受人群矚目，但鏢魚船討海人也將在此刻分享漁獲風采，特別是鏢旗魚這種充滿陽剛血腥的海上戰鬥。

沒有漁獲的船隻，宛如失意的獵人，我們低頭滑過碼頭人群，往內港港渠駛去。這時，海湧伯總要扶起油門，讓船隻加速擺脫岸上眾多牽扯的眼光。

船隻停妥後，最近幾天，海湧伯不像往常，上岸後總要到漁港拍賣場走走。那兒通常會躺著幾條才上岸的旗魚，鏢到旗魚的年輕漁人，像鬥牛場上風光的鬥牛士，得意的在人群裡穿梭，興高采烈地訴說鏢得這條魚的海上戰鬥過程。

「老了，老了，鏢輸這些少年家。」海湧伯好幾次這樣感慨地說。

同船伙伴，粗勇仔，搭海湧伯鏢船一起鏢魚許多年了，他們曾有過意氣風發的鏢魚記錄。粗勇仔有次悄悄告訴我：「想當年，每天三尾、四尾，整個漁

季不曾斷過。」

粗勇仔再也耐不住無魚的沉悶，當船隻出了港筆直往外海駛去，粗勇仔在塔台上緩慢但激昂地擊打雙掌，啪！啪！啪！擊掌聲空曠、沉著，如廟宇暮鼓晨鐘的節奏，接著，他掌心朝內一下下舉出代表旗魚尾鰭切剖水面的手勢，口裡叨叨唸著、喊著：「來喔，旗魚來喔，旗魚趕緊來現身。」

海湧伯折身到船艙裡取出一疊紙錢，洩恨般奮力將紙錢拋撒到空中。糙黃紙錢在北風裡紛飛飄散，像一群黃蝶海面飛舞。

灰雲疾走，雲縫灑落飄動光束，海面反光，燦閃亮點如片片耀眼利刃不斷刺入我們搜尋旗魚的瞳孔裡。我們瞇著眼地毯式翻閱每一褶波峰掃過，每一朵浪花綻開都深深吸引我們注目審視，我們想望看到旗魚，但是……十一天了，我們可以不要讚美，可以放棄風采，我們可以承受掠無魚、嚼菜脯的生活困窘，但是，我們再也不能忍受空船回港的空虛與尷尬。

每趟作業，我老是錯覺發現旗魚，是啊，是啊，那紅灰魚影，那劃出水面的尾鰭，每次都讓我激動的想尖聲吶喊；可能是多日無魚的折騰讓我失去信心；每次當我稍稍猶豫，浪頭頓起，立即覆蓋掉這些不知是幻覺或真實的魚影。湧浪通過，我踮起腳尖使力盯看海面，湧浪翻過的白沫氣泡一一映入眼簾，那旗魚的影子，終究化為氣泡般消失無蹤。

任何海上動靜都清楚地在我眼裡漂過，一隻小小「白達仔魚」側身游過，幾隻飛魚驚起海面，遠方一群海豚輪替著湧現背脊。這樣的眼力，我不相信會錯過一條偌大的旗魚。旁過舷邊，一截截載浮載沉無處著根的漂流木，單隻翻覆長滿藤壺不知漂泊多久還不得上岸的拖鞋，一小塊潛浮浪裡周邊凹凸如何也拼湊不起大塊海洋的小塊拼圖……一一都清楚看見了，海面上我們盡心用力翻找了十一天，舷邊每天不同主角、不同戲目在我們眼裡漂過，就是獨獨少了旗魚的蹤影。

海湧伯嘆氣說：「啊，看輸那些少年家，少年郎目睭晶熾熾，啥麼小啥麼鼻攏看得清清楚楚。」

粗勇仔也說：「是歹運啦，衰小啦，人家那金滿漁號，船上五個人加起來三百多歲，還不是看到魚、鏢到魚，是咱歹運衰小啦。」

昨晚，海湧伯要粗勇仔和我各帶一撮鹽巴和米粒，三個人一起到漁港邊的天聖宮拜拜。海湧伯虔誠的將三炷香高舉過頭，嘴裡朗朗唸禱。今晨，解纜出海前，海湧伯在微明曙光中將三炷香舉向暗空。昨夜廟裡求得的一張符咒已貼在鏢頭，粗勇仔將三人的米鹽糅合一起，拋到海水裡唸著說：「神明保庇阮不再空船回港。」

昨晚夢見旗魚。

夢裡，海湧伯憤慨地撕下身上一大塊衣襬，拋棄在海水裡，那塊衣襬在墨藍海水裡浸淫蠕動，漸漸化成一尾旗魚，我指住這條款款游動的旗魚尖聲叫喊——我坐在床上喊叫著醒來，床鋪似黑暗裡漂流搖擺的船隻，我在床上指住房間角落那條夢裡的旗魚狂聲叫喊。

船隻幾套來去海上繞巡了半天，仍然沒看見旗魚蹤跡。中午，船隻放流，海湧伯在甲板爐灶上煮麵，我告訴海湧伯昨夜的夢。海湧伯聽了後把塔台上監看海面的粗勇仔叫下來，告訴他我的夢，還有海湧伯自己的夢。海湧伯說：「他夢見旗魚在他床腳下，旗魚兩顆眼睛詭異地閃亮在滿是灰塵、蜘蛛絲的眠床腳角落裡，那尾旗魚眼睛裡帶著奸詐也帶著驚惶，好像是受困在眠床腳，正在想辦法脫困。」

粗勇仔一聽，跺了一下腳，認定是吉兆，他說：「今天，一定有魚。」

我們將麵條囫圇吞下，鍋蓋還沒蓋好，海湧伯已啟動船隻。我們都相信夢裡那條旗魚就潛藏在附近。

船隻盤旋往北，頂浪前進，船尖破浪，撞起高聳水花迎面撲來，北風撼動桅杆發出尖銳嘯聲，粗勇仔手掌一下下使力拍打著塔台欄杆，節奏越拍越急，像是就要拍出逼近旗魚的前奏。

果然，就在船尖左前外不過五公尺距離，我確實看見了那條旗魚。血液幾近沸騰，像夢裡振奮驚呼模樣，我指住旗魚高聲尖喊。

啊，那不是嗎？那不就是一顆紅鮮鮮圓滾滾的魚影逆著船尖游衝來，幾乎就要與船隻正面對衝。

海湧伯翻身跳下去駕駛艙，立即扯緊油線，整個人蹲伏在甲板上，把舵柄壓向船側。船隻立地迴轉，滾滾浪濤鼓動聳湧在船隻傾側左舷。粗勇仔從塔台

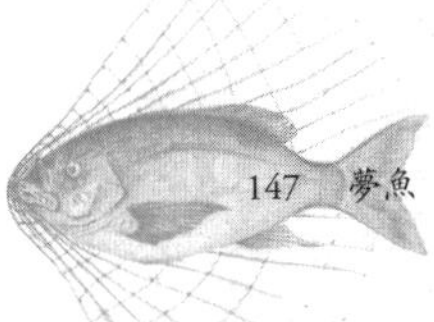

上矯健地翻躍而下，不顧船身劇烈傾斜，搖搖晃晃衝上船尖鏢魚台。默契一致，我仍然留在塔台上死命指出旗魚位置狂聲吶喊。直到粗勇仔舉出鏢杆用鏢尖指住旗魚，直到這條旗魚已經交接給粗勇仔盯住，我才一躍而下，衝上鏢魚台。

迴過身後，船隻尾隨旗魚並順浪迫近，粗勇仔舉起鏢杆，全身張緊如滿弓態勢，眼看就要落鏢。

這條旗魚似是驚覺到了，尾鰭一翻，頎長魚身如閃雷一顫，伏身下潛。像是鬧場後開不了幕，白費了船上一番默契與節奏，旗魚完全失去蹤影。海湧伯停住船隻，我和粗勇仔在鏢台鵠立若鶴，我們扭轉脖子四方搜索，每一個波峰浪底我們掃射著視線。

原本扯緊的紘，原本高度聚凝的能量，因無法渲洩而持續僵硬高亢。北風呼呼，裹在頭上的布巾尾颯颯振飄，舷邊浪聲洶湧如在嘆息。十一天掠無魚累聚的憤怨，就像噴了一陣子煙將爆未爆的火山頭。我們雙唇緊閉，牙齒咬出砉響聲，不需要明白講，我想我們不約而同都下了重願——今天要定了這條魚。

一波大浪自右後方舉起，那條潛藏的旗魚終於被這波湧浪整尾托出，就像是掛在浪牆上的一條美麗標本。三人同時都看見了，也同時破聲大喊，全船蓄藏的氣焰，就這瞬間點燃引爆。

旗魚暴露位置後，若一顆流星弧線輕擦過船尖隨即右偏射出，船隻倏地挺上跟進，原封未損的氣勢跨越空白休止符似的頓點後噴射開來；鏢杆高舉，油門緊繃，著火的視線和急鼓似的吶喊。

旗魚已被追迫在船前不遠。

粗勇仔再次挺鏢，彷彿全身氣力都提在鏢尖。

一聲吆喝，鏢杆射出。

鏢杆斜刺海面，彷彿被大海吞嚥，整隻鏢杆滑不溜丟一下沒入水裡。

這條旗魚機靈得很，當鏢尖近身時，牠閃身側翻，急射的鏢杆帶下來一串銀鍊樣的白波氣泡唰一聲擦過牠的體側。

這一擊，旗魚受到驚嚇，箭一樣的彈射蹦出，巧妙的躲閃過十一天累怨挾恨爆炸式的奮力一擊。

這奮力一擊是落空了，粗勇仔懶懶拉起鏢杆。海湧伯「得病、破病」罵個

不停。船隻浮著、泛著，彷彿漫野大火瞬間被澆熄後不甘心的冒著縷縷青煙。

粗勇仔垂頭走下鏢台，一邊不停唸著：「衰到這款，衰到這款……」海湧伯抓起提桶，掬了一桶水憤憤潑向鏢台……粗勇仔折身船艙裡抓起一把紙錢隨手撒在蕭瑟的北風裡……

船隻停泊放流了將近一個小時，海湧伯斜倚在駕駛艙裡，我和粗勇仔癱坐在塔台上，整艘船默默無語。保持緘默也好，這一刻，我們嘴巴講出來的除了髒話、狠話，應該不會有一句好話。

逃過一擊的這尾旗魚，幾乎帶走了一艘漁船和我們這幾位討海人最後的尊嚴。一陣沉默後船隻悄悄啟動，船頭迴擺不定地遙遙指回港口方位，「幹，衰到這款，衰到這款，回去吧，回去算了。」海湧伯低聲念了一串。

看來是放棄了。

沒想到鏢旗魚鏢了一輩子的海湧伯竟然也俯首認輸了。

船隻往回走了一段，意外的，竟然改變航向，繞了一圈後，轉折回來。

不明白海湧伯心裡想什麼，也許只是想起他夢裡那條旗魚的眼神。

粗勇仔看船隻轉向，似乎明白怎麼回事，他整個人從頹萎的甲板上站起來，臉上表情恍若熄燈後的一片黑暗裡忽而再度亮起了一盞光明。

粗勇仔輕輕地慎重地再次拍掌，「出來喔，旗魚出來喔。」

船上原本渙散消癟的心，在粗勇仔陣陣擊掌聲中漸漸受到鼓動而萌脹了起來。

北風吹紅了粗勇仔的眼。

我低頭看見駕駛艙裡緊皺著眉堅心且專注的海湧伯。

忽然，甲板上傳來砰砰鼓聲及雷鳴似的一陣叫喊。

是海湧伯，海湧伯指著船前一陣狂喊並使力跺腳踏響了甲板這面戰鼓，是海湧伯看見他夢裡那條旗魚。

船尖偏左，約六十公尺海面，一片灰黑尾鰭匆匆掃過浪尖。

船隻活轉，即刻順浪斜身逼向左前。船上我們三個視線重疊交叉，若蜘蛛網般牢牢網住浪底這條旗魚。

船隻謹慎顫擺虎虎迴旋，不想再有任何差錯，我們緊緊跟上旗魚曲折的航

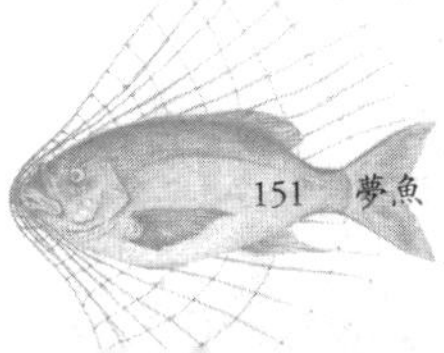

線。

被船隻盯咬住的這條旗魚，一個大弧彎繞後偏南筆直奔游而去。船隻油門綳到極限，船尖屢屢刺入高聳湧浪，鏢台上粗勇仔受浪撞擊幾番顛躓差點跌下海裡。

追逐途中，粗勇仔數度挺直鏢杆，又數度謹慎的縮回臂膀。他心裡明白，這是這漁季的最後一次機會了，任何閃失，不但將立刻結束這場追逐，也將提前結束今年的旗魚漁季。

一陣不捨追逐，終於，鏢魚台奪個下俯機會欺近魚身，魚背赤裸裸浮現船前。粗勇仔遲疑了一下，但還是出鏢了。

這次不同，離手的鏢杆似乎有了著力直挺挺在海面上頓了一下，跟上回的直接斜劈沒入完全不同。

「著了！著了！」粗勇仔掌心朝上托著鏢繩回頭叫喊。

這聲狂嘯，喊破了十一天來心底鬱積的陰霾。

我奪聲奔下鏢台，粗勇仔捧著鏢繩慌忙的隨後跟著下來。旗魚拉住鏢繩另一端快速奔出，速度出奇飛快。粗勇仔還不及將鏢繩交到我手上，鏢繩因這條旗魚快速拖拉已堅硬若一根鐵條。

粗勇仔知道狀況有異，對著我背後大喊：「交給你了！」粗勇仔不得不拋掉手捧著但飛快奔出的鏢繩。我應聲回頭，鏢繩在空中撕扯扭動對著我的臉揊打過來。

我本能反應揮手恰好托住鏢繩，整條鏢繩如著火的牛尾，根本無法掌握。陣陣赤熱磨過手心，彷彿就要著火冒煙。我忍住疼痛，強烈感受到這條牛一樣的旗魚在我手掌上奔騰而過，十一天來我第一次如此真實的感受到旗魚的存在；這紮實的力量、勇猛的衝勁，讓我感到又痛又快。

糟糕的是，鏢繩依然凶猛飛出，完全無法稍稍掌握。整簍鏢繩眼看就要奔盡，旗魚仍在水面下衝刺奔命。

粗勇仔對駕駛艙裡的海湧伯大喊：「搞怪魚仔，走浮繩啦。」粗勇仔後來解釋說，這條旗魚搞怪，一般旗魚中鏢後，通常在海面奔騰一陣後就要乏力下沉，但這條旗魚在水面掙扎奔騰了一段長時間，看來這條旗魚搞怪不肯輕易下沉。

海湧伯匆忙的隨著出繩方向迴轉船隻，船隻時而急劇前衝，時而急速迴轉，對付這條搞怪旗魚，船隻得順勢緊緊跟住奔游的旗魚，鏢繩的長度和張力，都無法承受一條死命竄游的旗魚。

旗魚已竄開數百公尺遠，我們僅靠這一條單薄的鏢繩和奮力近逼的船隻動力，來維持及感覺牠仍然存在。

儘管船隻賣力挪身追近，但鏢繩仍然瘋狂奔出。這是條大魚，是條瘋狂搞怪的大魚；牠拖著鏢繩，在看不見的海水裡奔命；牠透過鏢繩告訴我們，別得意太早，這場戰爭才要開始。

船隻保持高度警戒，一點不敢鬆懈。

陰霾雖然散去，但陽光並未出現。脫鏢、斷繩……仍有太多狀況讓我們可能失去這條久候的大魚。

粗勇仔過來，從我手上接過鏢繩。這時，鏢繩倏地鬆弛垂下船舷不再狂奔。啊，這條旗魚改變方向不再奔離船隻，而是急速衝向船身。粗勇仔大喊：「迴車！迴車！」海湧伯雖應聲急急迴轉，仍被旗魚把鏢繩拖進船底。海湧伯反應快立刻退掉離合器，避免旋轉的槳葉拍斷鏢繩。

這條旗魚鑽過我們船底後，不再衝刺狂奔，忽然變得悠游款擺，他似乎明白，鏢繩掛在我們船底會讓船隻不敢啟動，船隻將形同失去動力。這條精明大魚硬是從我們手上抽走一張王牌。

海湧伯奔過來從粗勇仔手中奪過鏢繩，他大聲說：「這是我的魚，這是我夢裡那條魚。」

他大把大把放掉鏢繩，一下子後，再大把大把將鏢繩收回扯緊；再放鬆，再扯緊；他說：「這尾搞怪魚仔性子爆烈，這樣折磨，讓牠氣死。」

船隻停擺，只剩海湧伯和他那尾夢裡的旗魚一對一拉扯。

夕陽光暈已瑟縮躲入山頭烏雲裡，我和粗勇仔都明白，船隻失去動力後，這場僵持將薄弱得像隨時就要斷線的風箏。

夢和真實間的距離絕不小於眼前旗魚和甲板的距離。只要這條大魚堅持不被海湧伯或說被自己氣死，天黑後，牠大有機會擺脫海湧伯的糾纏。

這時候，漁港裡應聚滿了人群，風光的漁人正上岸接受讚美，一場又一場海上與旗魚爭鬥的故事在碼頭上被鏢獲旗魚的討海人一再渲染。

暮色海上，海湧伯仍和他那尾大魚單身肉搏。

粗勇仔進駕駛艙扳住船舵待命，我站在海湧伯身後準備隨時接手海湧伯的掙扎。

看著海湧伯汗溼但堅持的背影，我心裡逐漸平和踏實，鏢旗魚原本就是一場又一場含雜著激情、幻滅和空虛的討海行為，我們到底有多少能力，向大海索求這樣的一條美麗大魚。

我們滴過血、流過汗，無論最後這條旗魚上不上來，當旗魚漁季這第十一天結束後，至少，至少我們擁有一場海上故事可以訴說，至少我們曾和夢裡的旗魚勇武奮戰。

丁挽

丁挽如約飛身躍起，
海湧伯淩空擲鏢
攔截丁挽投身刺來的尖喙。
船隻再次高速迴轉。
我向前抱住海湧伯
用力過猛的雙腿，
只依稀聽到鏗鏘裂帛的聲響
交織迴盪在船隻四周
和蕭瑟的北風中。

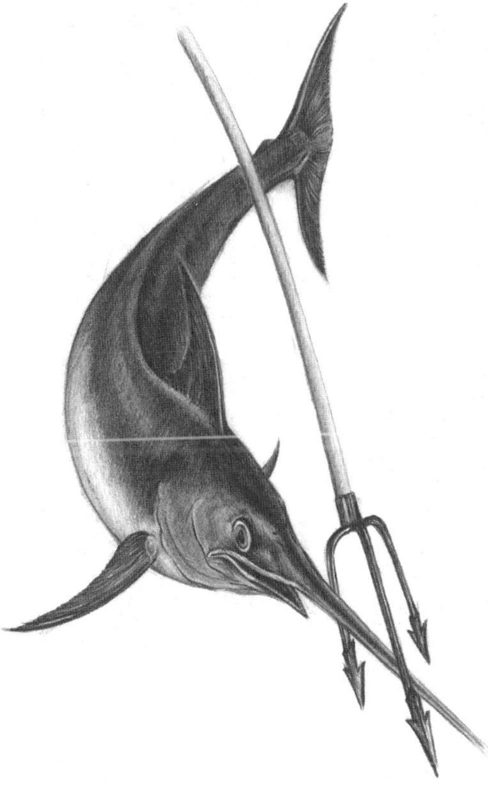

灰雲低空疾走，北風掃起的白浪翻揚在墨藍海面，駕駛艙裡海湧伯手握舵柄，兩眼凝視猛烈起伏的船尖，粗勇仔腳步踉蹌，在前甲板上收拾凌亂糾結的鏢繩。北風搖撼著桅杆上的一面小旗子，引擎聲沉著穩定的響著返航節奏。

返航，通常是漁人出海捕魚過程中心情最踏實的一段，然而，鏢魚作業中那一幕幕追逐、擲刺與拉拔仍然在我的腦海裡縈繞不息。船隻的每個晃動，舷邊盪開來的每波聲響，竟然都像鑿子般一下下鑽打在我心裡。這是我首次擔任鏢魚船主鏢手的一個航次，而大海竟然毫不留情的消滅了我那初露的豪情。

我倚著船欄癱坐在甲板上，港口防波堤已遙遙在望，海湧伯常說的那句話或許可以解釋這段詭譎特異的經過。

海湧伯常說：「海洋充滿無限驚奇。」

丁挽，是討海人對白皮旗魚的稱呼，每年中秋過後，丁挽逆黑潮洄游靠近花蓮海岸。這時節東北季風越颳越猛，冷鋒鋒面興風作浪翻攪黑潮海域一片白濤綿綿，這是個漁船繫緊纜繩及上架歲修的季節。丁挽，偏偏還在鋒面過境的惡劣天候中浮現浪頭。與一般漁船不同，鏢丁挽的鏢魚船，在這個起風季節解開纜繩，迎著風浪出海。

冷鋒壓境，北風掀起洶湧波濤，無論在高聳的浪頭或深陷的波谷，丁挽時常將尾鰭頂端切出水面，像一把剖水而行的鐮刀，也幾分像一小截游走在海面的小旗子。即使那根旗子被鏢魚船發現而展開追獵時，牠也往往像個奔跑的旗手，一個意氣風發不輕易降下旗子的旗手。

出了港後，海湧伯、粗勇仔和我都爬上鏢魚船接近桅杆頂的塔台上。我們分三個方向在海面搜尋丁挽切出水面的那根旗子。潮水墨藍如破曉前的天色，白浪鮮明的在深色布幕上暈開，一朵朵即開即謝的雪白浪花在高低湧動的黝藍色山丘上綻放。一波大浪從船隻右側張湧而來，船隻瞬間傾側，左舷切入水面，塔台左傾，塔台上的我們像斜翅貼海滑翔的海鳥。這一傾側，十噸小漁船傾斜程度已臨近翻覆極限，那即將翻覆墜海的尖叫聲隱隱抓在我的喉頭。巨浪湧過船底，船身猛然翻身右傾，塔台在空中畫過半個圓弧，我們從左斜狀態鐘擺般快速甩擺到右傾，如此左右反覆無一刻歇息。

海洋以繽紛多樣的魚群誘惑漁人，又以翻臉無情的風浪疏離漁人。討海人

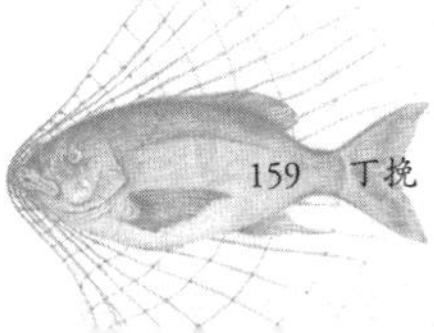

說：「海湧親像水查某。」意思是說，海洋有著謎樣的魔力，始終鼓動著漁人血液裡的浪潮。

初初下海那年春末，我和海湧伯在立霧溪口拖釣「土魠魚」，船隻繞行了大半天，船後的拖釣尾繩仍然沒有絲毫動靜。我坐在船尾，看著水裡一隻隻幾乎透明的水母被槳葉攪出的白沫溢向兩側，形形色色的水母像極了星際大戰中的飛行器在海洋的天空裡翱翔；一群烏賊扭著大象樣的鼻子匆匆經過船邊；一隻海龜把一顆圓鈍的頭露出水面，警戒地看著船隻通過。海上豐富多樣的生命，讓我忘了這趟出海「損龜」的不愉快。

這時，海湧伯突然轉頭問我：「少年家，為什麼出來討海？」我溶在水裡的心拉不回來，一時不知如何回答；海湧伯接著問：「為著魚，還是為著海？」

我明白，為著魚是生活，為著海是心情。

海上的確不同於陸地，漁人的腳步侷限在這小小一方可能比囚室更窄隘的漂游甲板上，可是，海上遼無遮攔，船隻以有限的空間卻能任意遨遊於無限寬廣和無限驚奇的大海。海上生活確實紓解了岸上人對人、眼對眼的擁擠世界，一個甲板往往就是一個王國，在這裡人與人的關係變得單純和原始，一切規範、制度……種種人為的籓籬，在這裡都可以被打破、被修改和被重建。海上生活，我常感受到任性的自由和解放，那最原始的人性得以在這裡掙脫束縛無遮無藏。我迷戀海洋，也迷戀海裡的魚群。

粗勇仔指著右前海面高聲大喊：「紅咧！在那裡紅咧！」丁挽在海水裡閃現紅棕色澤，漁人通常用第一個「紅」字來表示發現丁挽，再用第二個「紅」字來表示丁挽的桀驁不馴。

遇見船隻，丁挽並不走避，仍然高舉切出海面的尾鰭從容悠游在翻湧的浪頭。鏢魚船上鈴聲大作，像是遇上了敵人戰艦。海湧伯奔進駕駛艙、我踏上鏢魚台、粗勇仔擺好姿勢半蹲在我身後，船隻迫緊引擎吐一陣烏煙，以強勢的優美弧度往右前波濤凌壓過去，引擎聲亢奮若急響的戰鼓。

鏢魚台架設在硬挺的船尖外，踏上鏢魚台，我把閃耀著寒星亮光的三叉魚鏢高高舉起，想像自己是舞台上的主角，感覺自己的神勇和威風。

船頭撞開來的水煙，陣陣雨霧似的從船尖濛向船尾。

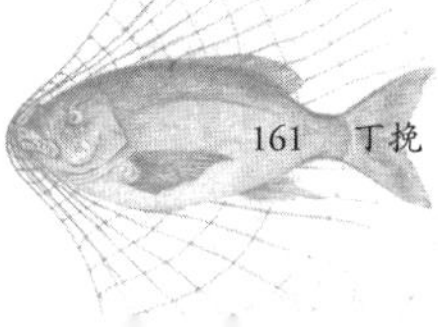

每個漁人心裡都埋藏著一幅屬於個人的海洋圖像，漁人點點滴滴累積與海洋接觸的經驗來描繪這幅圖像。海洋波動不息變幻莫測，再細密精緻的圖像也難以完整描繪海洋的性情和脾氣，一個曾經豐收的釣點，往往就是下回落空挫敗的場所。海洋如此不可捉摸，漁人除了內心的這幅海洋圖像外，仍須憑著「感覺」來與海洋相對待。

有個晚上，我和海湧伯在洄瀾灣外捕捉烏賊，船舷邊的燈光打亮後，烏賊陸陸續續聚集在燈光下，海湧伯突然按掉燈火，啟動船隻，說要到奇萊鼻海域釣白帶魚。我納悶的想，那裡既不是白帶魚漁場，這時節也不是白帶魚的漁季。可那一夜，我們拉魚拉到天亮，白帶魚亮潔的銀白魚體滿溢艙口。上岸後我問海湧伯，到底是靈感、運氣，還是他心裡的那幅海洋圖像預知了什麼。

海湧伯笑笑地說：「聽見的。」

又每次我們出海放「延繩釣」，船隻到了預定場所後，海湧伯總是遲遲不下鉤，開著船走走停停在附近海域盤繞，他說，這是在「聽流水」。一起捕魚一段日子後，我才逐漸明白，海湧伯說的「聽」，其實就是「感覺」或「仔細觀察」的意思。

引擎嘶吼叫囂，一根張緊欲裂的絃連結著丁挽切剖水面的尾鰭和我手上這根高舉的鏢杆。船隻緊緊尾隨丁挽，緊緊咬住丁挽舞出的旋律與節奏。當船隻受浪停阻時，丁挽那根尾鰭左招右搖，在船隻前頭游出緩緩曲線，彷彿舉者一根標示旗隨時在提醒我牠所在的位置，和牠示威式的等候。

只有兩種大型生物會如此和漁船戲耍：海豚們時常在陽光燦爛海波平靜下成群出現，牠們追隨船隻或在船舷邊跳躍，向漁人現露著頑皮的眼神；丁挽，只在陰冷灰暗巨浪滔天的天候海況下孤獨出現，牠不會主動追逐船隻，而是等候勾引著船隻前來追逐，丁挽通常將把眼睛埋在水面底下，讓追逐的漁人感覺牠的狡黠和神祕。

海湧伯也類似這樣的性格，漁港裡他是出了名的陰冷脾氣，也是出了名的鏢丁挽好手。只要有人與他談起鏢丁挽的種種，他的回答始終簡短一致：「啊，無輸無贏啦。」

海湧伯曾經這樣告訴我：有次，當他把一條丁挽拉上甲板，丁挽拉靠在船

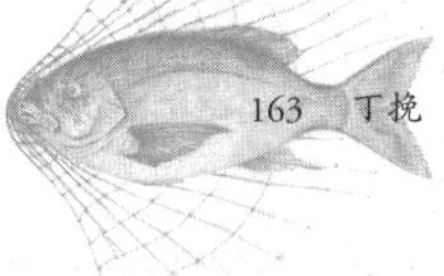

舷的片刻，牠的尾鰭向海面滴落含血的水柱，這瞬間，海湧伯感覺到他體內的生命液體，正經過雙手，經過丁挽受創的身軀，從丁挽尾鰭流落海面。海湧伯還說：他的半截生命已沉浸在湛藍的海水裡。

跟海湧伯學討海這許多年，我一直懷疑，他體內流著的不是溫紅腥熱的血液，而是藍澄澄的冰冷海水。

跟海湧伯在海上捕魚，只要稍有疏失，海湧伯必然破口大罵。罵過後，也總是這樣一句：「千萬不要跟海湧開玩笑。」

一次迴轉後，船隻順風逼前了一大步，丁挽巨大的身子整個浮現在鏢魚台下方。我看著腳下的丁挽，那碩大美麗的身軀毫無遮掩的浮現在我眼裡，像掀開美女面紗或破蛹而出的美麗蝴蝶，那突破遮掩後的唐突美麗震顫了我的心。海洋一直給我若隱若現的驚奇感覺，直到這一刻，她毫無隱晦完整現實的呈現在我眼裡。我持鏢的手微微顫抖，感覺眼下一片白霧蒼茫。

「出鏢啦，衝啥小，出鏢啦！」背後傳來海湧伯的斥罵聲。

背後那急急的催促把我拉回現實，我奮力擲出鏢杆。

引擎聲嘎然止住，腳下一陣翻騰浪花，鑿入丁挽身軀的魚叉溢流著鮮血，丁挽旋身躍出水面。

牠斜身凌空顫擺，牠尖嘴似一把武士的劍凌空砍殺。

牠斜眼向我瞟視，那仇惡的眼神激爆出星藍火花狠狠鑿入我的心底。

我怔在鏢魚台上，動彈不得。

引擎聲再度響起。經驗老到的海湧伯急速迴轉船身，將鏢魚台上的我帶離丁挽的劍氣範圍。

待我驚魂甫定回頭看時，丁挽已潛下水面不見蹤影，繫著魚鏢的鏢繩，像蛇身抽抖，迴擺著快速衝下海面。

丁挽的血水，像一朵朵玫瑰在墨藍水裡綻放。

海湧伯衝出駕駛艙，在舷邊托住飛奔而出的鏢繩，轉頭對失神走下鏢魚台的我破口大罵。彷彿鏢中丁挽是一項罪過。

看著飛快落海的鏢繩，我感覺這段繩索似是連結著我的腸肚，掏空了我所有心思。我似乎清楚看見水面下負痛掙扎的丁挽。

粗勇仔站在海湧伯身後，想幫又幫不上忙，轉頭對我露出白皙的牙齒。

接近鏢丁挽季節，海湧伯經常邀約我和粗勇仔一起吃飯，漁閒時也常常拉住我倆坐在港邊聊天。海湧伯的壞脾氣我倆都領教過，如今他一反常態，使得我和粗勇仔都顯得拘謹不安。我背地裡察覺海湧伯除了對我倆友好外，對其他的人或事，仍保持那慣常的鐵寒面孔。直到現在我才明白，海湧伯早在丁挽尚未靠岸前，即著手籌組我們三個人合成的默契，海湧伯明白，任何個人的力量，都將不是丁挽結合洶湧季風和海浪的對手。

海湧伯曾說過，鏢丁挽要正中牠的背脊。魚叉刺入背脊後，丁挽會全身僵硬無力，只能沉沉下潛。這一次，我是偏差的鏢中了丁挽下腹部。

鏢繩飛奔而去，像握也握不住的一束流水。

海湧伯托在手上飛快奔出的鏢繩忽然間停下來了，這時，海湧伯開始用焦躁的速度收回鏢繩。鏢繩變得異常鬆軟，似乎已失去水下丁挽的訊息。這是第一次我看到海湧伯慌張的神情。海湧伯回頭叫身後的粗勇仔進駕駛艙，準備開船。海湧伯大把大把收回鏢繩，從海湧伯凶狂的收繩動作，我感覺海湧伯似乎心裡頭在顧忌著什麼。粗勇仔進入駕駛艙，從窗口凝視著海湧伯的背影，他時常掛在臉上的笑容已完全失去蹤影。

波浪一陣陣推擁著船身，北風夾著浪花呼嘯著吹上甲板，甲板上出奇安靜，整個氛圍突然嚴肅靜凝了起來。

丁挽尖嘴如釘，勁力如挽車，在討海人眼中，丁挽是一條尖銳刁鑽的大魚。丁挽喜歡用牠的尖嘴玩弄食物，像貓在玩弄已控制在牠爪掌下的老鼠。丁挽會刻意放走小魚，然後用牠的尖喙靈活的四處阻擋小魚的竄逃，直到小魚筋疲力竭停止不動，牠仍用尖嘴撥弄著小魚，甚至把小魚挑起拋向空中，讓自己以為小魚仍在跳躍逃竄。那堅硬的尖嘴上長著細密銳利的堅硬顆粒，這些顆粒使得牠的尖嘴像一支精製的狼牙棒，小魚往往被玩弄得遍體鱗傷後，才被牠一口吞下。

一聲巨響從船頭傳來，船身重重震了一下，海湧伯撒下手上的鏢繩，和我一起趴在船舷上看向船頭。船隻並未撞上任何漂流物，但船頭高出水面的船板上有一道嶄新的刮痕，像一把利斧斜砍過的鑿痕。海湧伯板著臉，起身示意粗勇仔左滿舵啟動船隻。船尾排出一團翻滾白沫，船隻啟動。這時，我看到丁挽堅定切出水面的那根尾鰭。

船身大弧度迴轉，原本衝向船頭的丁挽，現正攔腰衝向船身。露出海面那根尾鰭，如此堅定切剖水面，不像戲耍時的左招右搖。

海湧伯用搏魚的力道扣住我的肩胛，把我扳下船舷。由於船隻飛快弧轉，我看到丁挽側身飛起幾乎與船舷平行等高。

丁挽那眼珠子黑白分明，牠高躍瞄視著跌坐在甲板上的我，然後看向海湧伯，那嚴厲的眼珠子從船欄格子中穿梭經過，如一位法官一一檢視著囚禁在甲板上的罪犯。

「啪噠」一響，丁挽未撞到船身懸空落水。海湧伯大聲囑咐粗勇仔全速直行。我以為這道命令是為了要逃開丁挽的追擊，沒想到，海湧伯拉住我，我們一起再度踏上鏢魚台。

海湧伯舉起備用鏢杆，要我蹲在他身後指揮粗勇仔駕駛。鏢杆在海湧伯手上像一把長劍，劍氣森寒。

鏢魚台三面凌空，我左顧右盼，害怕丁挽從兩旁側襲，海湧伯似是了解我的惶恐，頭也不回的說：「看前面，我了解這條丁挽。」

船隻全速直行，甲板上已收回的鏢繩在這時再度狂奔而去。搭在船舷上的鏢繩像儀表板上的指針，指示著丁挽所在的方位。鏢繩漸漸由後趕上與船隻垂直，而後指向前方，鏢繩由原來的繃緊漸漸緩慢鬆軟下來。

果然，船隻正前方一百公尺海面上，那根屹立不搖的尾鰭堅決的等在那裡。

我拉了一下從駕駛艙延伸出來的銅鈴拉繩，粗勇仔會意的將船隻停泊下來。丁挽與船隻隔著滔天巨浪在海上對峙。

海湧伯緩緩把鏢杆舉過頭頂，我看到他肩膀重重聳了一下，吆喝一聲：「走！」我扯了三下銅鈴，示意粗勇仔全速衝刺。

丁挽那根旗子也在這時動了起來。

丁挽堅硬的尖嘴，曾有刺破船板的記錄。像這樣面對面對衝，那力道加上氣勢，足以讓船身破個大洞。海湧伯飄在腦後的髮梢，滴飛著水珠，那蒼勁的持鏢姿態，有若破釜沉舟的戰神。

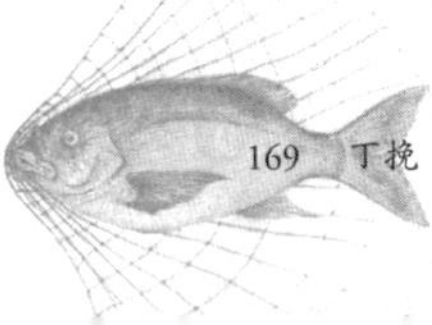

丁挽如約飛身躍起，海湧伯凌空擲鏢攔截丁挽投身刺來的尖喙。

船隻再次高速迴轉。

我向前抱住海湧伯用力過猛的雙腿，只依稀聽到鏗鏘裂帛的聲響交織迴盪在船隻四周和蕭瑟的北風中。

我不曾見過這樣直接、勇猛，而且死不甘休的挑戰。無論岸上或海上，生活的確是一場生存的掙扎。這一刻，我終於了解海湧伯、了解丁挽，也了解了海洋謎樣的魔力。

通過堤防口，船隻進入港灣。

防波堤將洶湧的波濤，界線分明的阻隔在港外。除了我的挫敗感將永久持續，那一幕幕巨浪中的追逐、戲耍和決鬥，那所有的光和熱，就要在船隻靠岸後停頓、靜寂。

碼頭上，人群聚攏過來，圍觀讚嘆著躺在甲板上的丁挽。旁觀者往往只看見結局，整個鏢獵過程將只有我們三個人明瞭。離開澎湃海水後，丁挽和漁人都同時失去了風采和美麗。

粗勇仔站在丁挽身邊一臉徬徨，我們都無法多說什麼，因為這是一場岸上或風平浪靜的港內無法敘述的過程，這是一場滔天巨浪般的演出，沒有劇本、沒有觀眾，這是一場遠離人群的演出。

海洋默默流著，丁挽隨著黑潮刷過花蓮海岸，刷過我心深處。沒有被攔截的丁挽，將繼續踐履海洋的驚奇，隨潮水，遠遠離去。

——一九九三年時報文學獎散文類評審獎

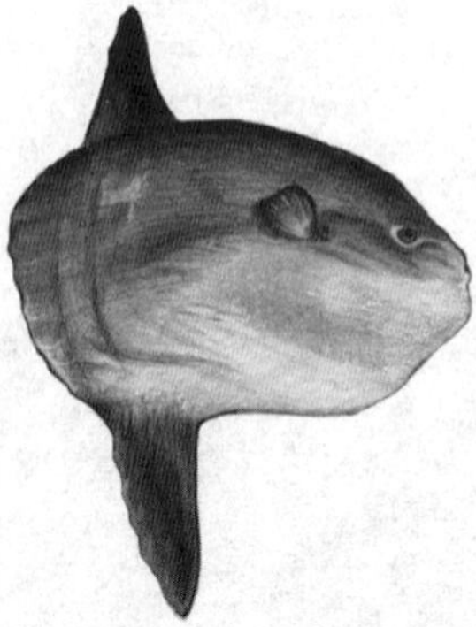

海上黃昏

海湧伯笑了，
他一直看著福仔的小膠筏
消失在黃昏海面上，
才回頭跟我說：
「來，下網吧。」

曾和我們一起捕魚的小伙子，福仔，從去年旗魚汛季結束後就失去了蹤影。

傳言很多，有人說他犯了案在蹲監牢，有人說去了南洋捕魚，也有人說他退隱深山林內。我們只知道他老家在水璉鼻——花蓮港南方約四十公里的一個東海岸小漁村。

我們都懷念他率直的個性，勤快俐落的手腳和一雙牢牢盯住海上旗魚的銳利眼色。海湧伯曾說：「是個真好作伙的海上少年郎。」

今年旗魚汛季開始已經將近一個月了，果然福仔並未像過去那樣彷彿和旗魚有約如期出現在漁港。漁季一個月來，海湧伯始終提不起勁，好像福仔不來，整艘船就缺了一條胳臂、缺了一雙眼。每每鏢不到旗魚當漁船空船回港，海湧伯總要罵上一句：「福仔，不知死哪裡去。」

這天，風和日麗，是冬季難得的好天氣，傍晚大約四點半光景，我和海湧伯將船隻泊在水璉鼻外海，準備天黑後下網捕撈旗魚。距離天黑大約還一個鐘頭光景，海湧伯拿起船上話機和鄰近漁船閒聊。旺盛發泊在我們南側約一浬遠，呼叫海湧伯說：「撸過來，撸過來，比十三支欠一腳，趕緊撸過來。」北側的金滿漁也呼叫海湧伯：「過來啦，過來啦，魚仔湯燒滾滾，半罐白蘭地剛好擋到天黑。欠一腳啦，趕緊過來。」這些邀約，海湧伯有氣無力感慨回答說：「幹，我才欠一腳哩！今年欠福仔一腳，抓攏無咧。」

亮點陽光漸漸被海岸山脈吞入肚腹裡，絲絲白雲奪得最後橘色光采炫爛天邊，晚風竄出，船邊不住盤旋，變臉似的迅速抓回冬日清冷原貌。海湧伯仍然在話機裡左一句福仔，右一句福仔，能讓海湧伯如此掛在嘴上的海腳其實不多。

船尾遠處，一點白沫忽忽揚起。

那是艘朝向我們快速接近的小船，我心裡想，應該是近岸小漁村出來黃昏作業的小膠筏吧。

旺盛發又在話機中呼喊：「海湧伯緊來喔，魚仔還沒抓就輸了兩三百塊，緊來救命喔！」金滿漁接著也呼叫了：「緊喔，白蘭地剩一嘴，魚湯見鍋底了，還不趕緊來。」海湧伯應著、答著，仍讓船隻繼續放流，動也不動，應該還在念著福仔這個海腳吧。

小膠筏快速駛近，相隔距離已看得清楚，筏頭上坐著一位瘦瘦小小的人。

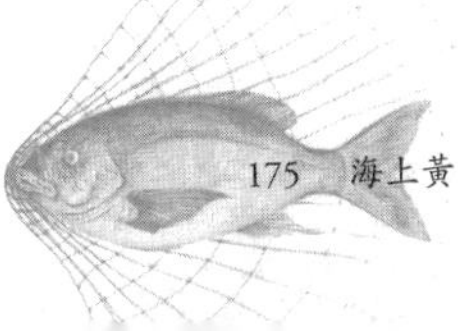

這人單手舉著一罐飲料，仰頭大口喝著。

膠筏全速衝來，海面上拖出一條煙靄樣的白浪，蚊蠅叫聲般的舷外機高頻引擎聲逐漸爽朗開來，小膠筏看似筆直飛快地朝我們船隻衝來。

海湧伯警覺到了，一手放上舵把，一手扳住油門，準備隨時啟動船隻變更方位，他挺直腰桿抬眼瞪視那艘急速衝過來的小膠筏。

話機又響了。

海湧伯不回答。

海湧伯瞪看小膠筏的眼裡似乎出現一絲異樣光采。

小膠筏距離船尾約五十公尺，坐在筏頭那位瘦瘦小小的人站了起來。那人挺直胸膛，兩手自然兩側懸垂；動態中不住搖晃的小小膠筏，還能如此挺直站立筏頭的人不多，如此姿態還真像是頂風飛翔的海鳥或箭浪奔游的旗魚；那人神態幾分倨傲、幾分豪情。

海湧伯拋掉手上舵把、甩掉手中油線，罵了一聲，奔走到船尾。

海湧伯對著迎面過來的膠筏大聲叫罵。

「幹，死叨位去啊，福仔，到底死叨位去！」海湧伯一串罵聲裡帶著許多激動。

有點被海湧伯這突如其來的動作和罵聲嚇到。幾分懷疑，我轉頭看向那艘膠筏。這樣的距離，黃昏吧，我還是認不出來，筏頭站立那瘦瘦小小的人是不是福仔。

舷外機止住鳴響，輕巧滑近我們船邊。

這才清楚了，果然是福仔。

黑黝黝削瘦的臉頰，眼神一樣炯炯有力，福仔什麼話都沒說，先把握在手上的兩罐台灣啤酒，一手丟給海湧伯，一手丟過來給我。

福仔攀著我們船舷說，才從南洋回來，打電話知道海湧伯已經出海，判斷是在這裡放網，所以從漁村駛小膠筏出來，果然遠遠就認出海湧伯這艘船；特地買了台灣啤酒。

海湧伯船隻與小膠筏隨浪湧動，輕微擦撞發出碎響，似在為這場海上相逢擁抱低語。

海湧伯間續拍打著福仔後腦，嘴裡罵個不停；福仔說著說著，聲音越來越細，然後低下頭來。

岸上燈火一一亮起，海面僅剩一絲浮光。

海湧伯仰頭一口喝掉啤酒，福仔告別。

小膠筏俐落打轉掉頭，福仔仍然站在筏頭，轉頭一直看住海湧伯。

一段距離後，福仔舉手比出旗魚尾鰭切剖海面的手勢。這手勢鏢魚討海人明白，福仔祝福我們今晚看見旗魚，意思是祝福我們旗魚滿載豐收；也是告訴海湧伯，千里萬里從南洋趕回來，就是要來海湧伯船上當海腳。

海湧伯笑了，他一直看著福仔的小膠筏消失在黃昏海面上，才回頭跟我說：

「來，下網吧。」

漁季結束了

旗魚汛季結束後，
我請求海湧伯
讓我獨自開船出海一趟。
對這不合理的請求，
海湧伯似乎理解，
他別過頭揮了揮手說：
「去吧。」

旗魚汛季結束後，我請求海湧伯讓我獨自開船出海一趟。

船上三叉漁鏢、一簍簍鏢繩，甚至整座鏢魚台都已卸下擺在碼頭；整整三個月幾近瘋狂的追逐與鏢獵後，鏢魚船已經解除武裝。說不出這趟出海到底為了什麼？

可能，我只是想以閒散的心，沒有目標的在昔日戰場上巡遊一番，也許，是想做個真正的結束吧，將三個月來繃緊的神經徹底解除武裝。

對這不合理的請求，海湧伯似乎理解，他別過頭揮了揮手說：「去吧。」

出了港後，放鬆油門，船速降到最慢，天空浮雲，悠遠幾聲鳥鳴，船隻如在曠野漫步，引擎聲穩定沉著，漸漸與我心跳節奏合而為一。

像一串不經意滲入的音符，耳根深處隱約響起引擎撕扯欲裂的嘶吼聲，船首彷彿撞浪，水花激昂，整艘船化作一隻劍尖刺向水裡奔游的旗魚；海湧伯勇武憤慨的臉，旗魚垂死的怨恨……一幕幕活生生、血淋淋的追逐與吶喊，輾轉在我眼簾上倒轉重播。

我必須忘掉這些，必須將三個月來死命瞪看海面尋找旗魚的眼光調整到適當高度和比較和緩的焦距。

我轉頭看向遠山，發現海岸山脈比漁季剛開始時枯黃許多。

一隻鰹鳥迎面飛來，我即時偏壓舵柄，船隻盤旋轉頭，隨著鰹鳥自在駛去。鰹鳥閃動翼翅越飛越遠，終於在微藍天際化為一點蒼茫。航過奇萊鼻，水色轉暗。兩個不同水色的海流在此滙合，並沿著岬角向外延伸，鋪出海面一條色澤分明的流界線。直覺告訴我，就是這裡了。

我退開離合器，讓船隻自由漂流。

左舷外，一條鬼頭刀拍起浪花忽忽躍起水面，牠在空中扭腰挺身，然後像一把飛刀斬落海面。一聲脆響，如打破鏡面般擾動了我的心情。感覺手心出汗，深重的喘了口氣，我安慰自己：「這不是旗魚，這不是旗魚，漁季已經結束了。」

我必須忘掉旗魚，忘掉那幾乎已鑄成模子深深烙印在我腦子裡的旗魚影子。

一轉頭，船尾海面浮現一根灰黑影子，像根漂流枯枝，又幾分像是切出海面的旗魚尾鰭……海面竟波出水痕，那根漂流枯枝或其他什麼的，似乎緩緩漂移著並逐漸靠近船隻。

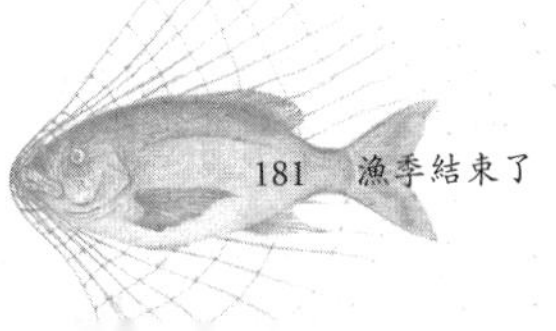

我低著頭不斷跟自己解釋，那只是一根枝椏露出海面的漂流木，只是幻覺、只是漁季殘留在眼膜上的幻影。

果然就消失了。

那根露出海面的灰黑影子，果然一陣漂移後消失了。立刻，我又感到不安，漂流木不會無端下潛消失。

手心又出汗了。

漁季結束了，船隻解除武裝如一圈空白句號的這時，任何靠近船邊的獵物都已失去意義。

揉揉眼睛別過頭去，就當做幻覺、當作不存在。

誰知道，才別過頭，船尖左前又浮現一根灰黑影子。

誰在作弄我嗎？

趕緊垂頭閉眼，用力吆喝：「全部滾開。」不管是漂流木、是旗魚，還是幻影，全部離開我的視線、全部離開我的船隻。

船身受浪搖晃，舷邊傳來細碎水聲，闇暗眼膜上，漸漸浮出一片搖晃的海，浪濤相疊逐漸高聳，風聲於是淒厲，那根露出水面的灰黑影子，浮著浮著，像根荊棘礙在眼膜和眼珠子之間；海湧伯嘶聲吶喊發現旗魚，全船鏢魚討海人踏步甲板跺跺奔跑，引擎雷鳴，船身傾側弧轉，倏地衝出……漁季的這些畫面，無論睜眼、閉眼，都成為無可阻攔的折騰。

睜開眼，啊，就在舷邊。

不只尾鰭整片露出，整條魚背褐鮮鮮、油亮亮真真實實浮在船邊。

這是一條美麗壯碩的旗魚，不必再安慰自己，一股上湧的氣噎在喉底喊不出聲，全身筋肌於是抓緊。

想大聲喊嚷，想起身奔跑，如漁季裡發現獵物一般；只是不曉得，接下來，我還能做什麼。

旗魚悠閒自在，尖嘴朝向船前，似在等候什麼。

喔，不，船尖湧來一陣水紋，另一條一樣壯碩的旗魚翩翩游來。

兩條旗魚似在相逢寒暄，盤旋游繞，彼此挨偎著款款游在我的船邊。

三個多月的漁季裡，幾乎天天出海，每一趟波峰浪底我們仔細搜尋，不曾

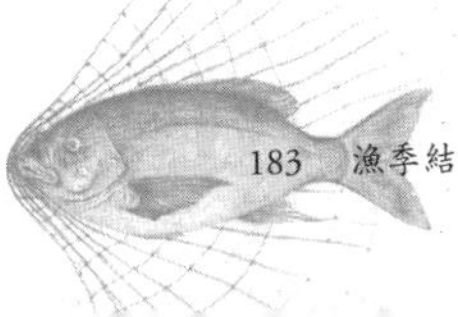

見過如此大方自在的旗魚；即使站上鏢魚台盤旋追魚，牠也是箭一樣，左閃右擺，身影飛快；不曾見過如此清楚，這般靠近，如此彷彿伸手可以觸及的獵物。

這兩條旗魚似乎毫無戒心，尤其牠們的眼神，和漁季裡看到的或記憶中的完全不同。難道這兩條旗魚也知道，漁季結束了。

不敢妄動，我僵坐著，眼珠子溜轉；一面看住舷邊旗魚，一面偷偷搜尋甲板前後；我心裡想，船上究竟還有什麼能充當武器，還有什麼可以來壓抑我已經衝在腦門臨近沸騰的血液。

兩條旗魚尖嘴如劍，胸鰭平舉若翼，似在嬉戲挑逗，相互追逐；一下離開又一下靠近；兩根尾鰭如一對彎刀，水面挺舉，左右游擺切剖水面，搧起波旋水紋。

牠們就在我的眼眶裡游動，而我不曉得能夠做什麼。

我只是一直擔心著，這樣難得的美麗，在我的遲疑下，可能將如曇花一現，隨時就要失去蹤影。

眼光終於停在舵柄上。

舵柄大約六尺長，一頭是圓棍，套在舵框的另一頭是又粗又硬的方柱，整只舵柄狀似棒鎚。我心裡想，也許，也許可以舉著舵柄猛擊這兩條旗魚中的一條，只要牠們願意游得夠近、浮得夠淺，只要牠們乖乖的以為漁季已經結束了。

攻擊獵物、占有旗魚的念頭一旦點著，如野火在我腦子裡蔓燒無法中止。腦子飛快盤轉著，想像裡，我一次又一次排演攻擊步驟：悄悄潛到舷邊，舵柄高舉，必要又快又猛，最好在牠們還未知覺發生什麼事以前，敲破牠的腦殼；這麼大的魚，一次不夠，必須一擊再擊，讓牠連逃跑的念頭也來不及產生……

忽然，有股不祥的預感湧上心頭。

這兩條旗魚來得太唐突，太不合常理。記得有個晚上，騎車在海湧伯家附近，看見一隻飛鼠橫過馬路，我用車燈照住牠，並在一棵路樹樹幹上抓住牠。我高興的將飛鼠提到海湧伯家，不料海湧伯竟一手奪下飛鼠，隨手將牠放了，還隨口唸了句：「溪邊魚，路邊鳥。」意思是，不合常理出現的禽獸不可捕捉。

這時，我腦子裡閃爍著這個漁季每一條被拖上甲板的旗魚眼神。

這兩條旗魚可能是為了誘惑我，也可能是前來為漁季受難的同伴復仇，我

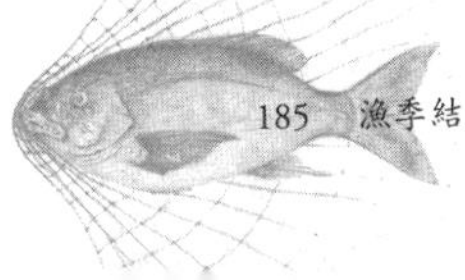

心底幽幽昇起一股就此罷手放棄的念頭。

但這不祥與不安，只出現短暫片刻，很快的，我的思想又拉回到猛烈敲擊旗魚頭顱的臆想裡。

已經點燃的火焰，無法說結束就結束；這可能是三個月累積留下，而我這趟出海想要平息結束的情緒。

老天捉弄，浪欲止而風不息，幸或不幸，這狀況下偏偏又遇見旗魚。

想起海湧伯曾經很不以為然的跟我說：「海上不要躊躇，該怎麼做就怎麼做。」當時，他手持鐵棍，正把一條拉靠在舷邊的鮫鯊擊碎腦殼。此刻，假如海湧伯在船上，他會猶豫嗎？假如這時船上有一根漁鏢，我可會躊躇？

我告訴自己，不要再多想了，要或不要，做個決定。

結束這條旗魚性命，或是掉頭遺憾的結束這個漁季。

我動手悄悄拔出舵柄，伏著身子潛到舷邊，舵柄緩緩的、高高的舉起。

只要再游過來一點，只要再那麼一點，就要結束這條旗魚，風光的結束這個漁季。

兩條旗魚像針織穿梭，在水波裡的舵柄倒影中來回穿織，越靠越近；牠們似乎還沒警覺到，守候在船邊的汩汩殺氣。

汗水一滴滴垂落水面，我看到海面倒影裡顫動的自己，我看見一個兩眼閃著火焰陌生的自己。

第一下一定要正中要害，第二下就要牠頭顱裂開，第三下，讓牠翻身露出白腹。海湧伯將怎樣說我？如果他知道我舉著舵柄要來敲打一條壯碩旗魚。如果他知道，我如此輕易的將要得到一條三個月來我們賣命追尋的旗魚，海湧伯將怎麼說我。只要擊中其中一條，並順利將牠拉上甲板，這將會是整個旗魚漁季最轟動的一則傳奇。我又想，即使失手了，也不會有人相信此刻我所面對的遭遇。

若海湧伯知道這件事，大概會打著我的腦勺說：「啊，鏢旗魚鏢到起肖。」

盤旋了兩下，旗魚乖乖游近了。

游得夠近了。

我挑選較粗那尾，相準牠尖嘴根部、眼珠子上方，深深提住一口氣，猛力揮下長棒。

水花四濺，木棍擊起水花，旗魚翻身掙逃激起水花；海面一片混亂。

倉促間沒有知覺是否擊中旗魚。

旋即，我掄起舵柄再揮出第二擊。

眼前一片模糊。

不顧一切，再揮出第三棒……

恢復意識時，知道全身都濺溼了，知道揮力過猛，一個踉蹌差點跌下水裡，知道舵柄滑手飛去。

第三下後，已清楚意識到——失去舵柄，船隻將失去控制方向的能力。

飛快的，顧不得獵物是否已經腦殼破裂，兩三下扯掉身上所有衣褲，這時，唯一的念頭，就是趕緊跳下海去，盡快把舵柄給撿回來。

舵柄浮起海面，大約右舷側五公尺外。

立刻下水還有機會撿回凶器，撿回舵柄。

兩片彎刀隨著舵柄虎虎浮起，兩條旗魚好端端的浮在舵柄兩側。旗魚尖嘴向我，像是護守舵柄的兩名武裝衛兵。

我猶豫了，想不顧一切下水搶救舵柄，但腦中剎時響起「誘惑」和「復仇」兩個詞，腦子裡再次浮現漁季裡垂死旗魚的眼神，不禁打了個哆嗦，海風一吹，赤裸的皮膚上波起一陣疙瘩。

兩條旗魚堅守舵柄兩側，護送著舵柄越漂越遠。牠們的眼神不再悠閒，恢復漁季裡常見的陰狡。只好，眼睜睜看著舵柄和旗魚在海面上消失無蹤。

船隻失去方向，隨海流往外漂盪，岸邊山頭越來越遠，越來越小。船上儘管有無線話機可以呼救，但我呆坐在駕駛艙裡，手上握著話機遲遲不敢呼叫。

我心裡想的是，這將如何跟海湧伯解釋遺失舵柄的經過；可能有史以來從來不曾發生過船隻遺失舵柄的事……

明明是被這兩條旗魚誘惑、繳械及解除武裝，但是，我將如何來解釋這樣的過程。

我可能需要編個故事來遮掩這場尷尬。

沒料到、也不會有人相信，旗魚漁季在這情況下，這樣的結束了。

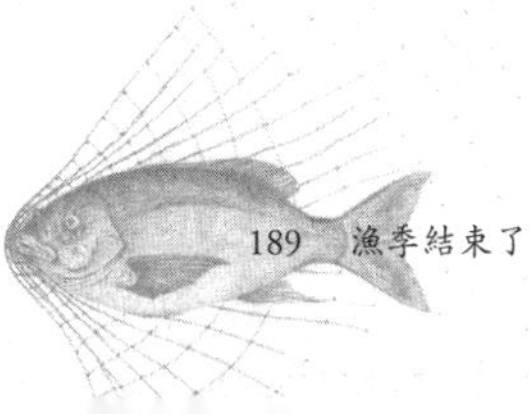

討海人的話

我深深覺得，
塔台和甲板，
或說陸地和海上，
好像兩個不同世界，
他們那個世界使用的
是我幾乎聽不懂的語言。

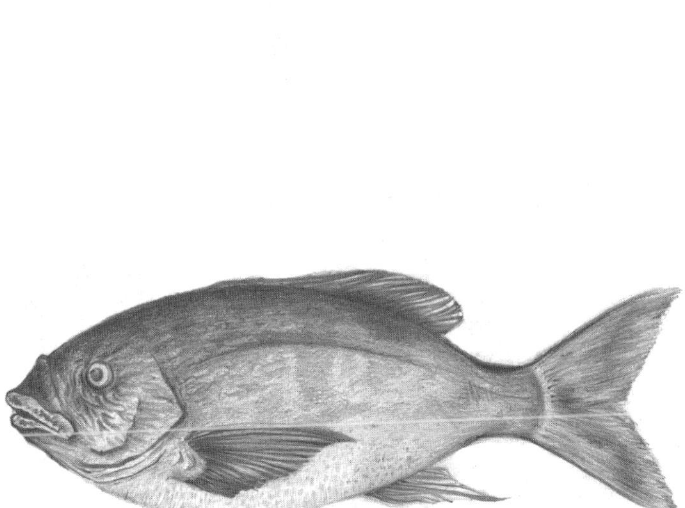

記得四年前第一次正式討海，船主是海湧伯，這艘船上連我一起共有三個海腳，他們都是討海老手。船隻出港鏢獵旗魚，他們把塔台中間的位置讓給我，因為那個位置前後各有一根桅柱擋著，船隻衝浪甩盪追逐旗魚時，這位置比較安全，也比較不會妨礙到他們忙碌的上上下下。

午後，船隻追住一條旗魚，他們尖聲呼叫，全船氣氛緊繃，兩個海腳衝上鏢台，海湧伯跳下駕駛艙，各自就他們的戰鬥位置，塔台上只剩下我一個人。追魚的過程相當緊湊，他們的呼喊聲沒有一刻中斷，十足展現了三個人搭檔的緊密默契，船隻左彎右繞緊緊咬住那條竄游的旗魚。

我發現，他們追魚喊叫聲中有許多我聽不懂的話。

直到鏢中旗魚，那個在舷邊拉住漁繩的海腳，急促接續地叫嚷出短而有力像命令似的喊聲。駕駛艙裡的海湧伯隨著他的每一聲叫嚷，急退、急進，俐落的操控著船隻。另一位海腳跑前跑後，準備起魚的工具。我一直站在高高塔台上，像個觀眾。

海湧伯忽然抬頭對我喊說：「肚盆內大節拿來。」我傻愣在塔台上，明白海湧伯的意思是要我去哪裡拿什麼東西，但完全不了解，去哪裡拿哪樣東西？他們三個同時瞪了我一眼，然後，應該是放棄了，他們各自在甲板上忙碌，不再喊我幫忙，也不再理我。

這趟作業，從頭到尾，我只是一位高高在上的觀眾，一點也幫不上忙。

這趟經驗讓我深深覺得，塔台和甲板，或說陸地和海上，好像兩個不同世界，他們那個世界使用的是我幾乎聽不懂的語言。好幾年來，我都記得當時他們三個瞪看我的眼神，也記得當時因為聽不懂命令而幫不上忙的尷尬。

討海許多年後我才明白，海湧伯當時那句「肚盆內大節拿來」的意思是——把船艙裡那支繫著粗繩的大鐵鉤給拿來。

後來，有許多次單獨和海湧伯出海捕魚，我又面對同樣的困擾，海湧伯說出的話裡有太多我不能了解的生字。有次海湧伯用責備的口氣問我說：「你是不是重聽？耳孔有夠重。」其實，他講的每個字句我都聽見了，只是聽不懂他所要傳達的意思。

有次，在海湧伯家喝酒，幾個討海人一時興起輪流講出海上的一次遭遇，他們比劃手勢，眼睛瞪得大大顆，講到緊迫激動處，還站立起來，用動作配語言來模擬海上場景，他們臉頰通紅，不曉得是太陽、酒精，還是海上故事情節精彩的關係，他們姿態粗獷，講話音量很大。

一旁的我十分確信，這是一段海上和大魚搏鬥的精彩故事。可惜，我聽到的只是片片斷斷的畫面組合，因為，很多由他們口中講出來的話我並不理解。可惜了原本一段色彩鮮艷的海上故事，我接聽到的只是個黑白畫面。

跟著海湧伯學討海一整年後，每當海湧伯在前右甲板收拉一條沉重的漁繩，他頭也不回呼喊著說：「看外咧。」我即刻擺動舵柄，輕扯油門，讓船尖稍稍旋轉成朝向東邊天際。有了整整一年的討海經驗，我已經能明瞭海湧伯下達的許多命令。「看外咧。」這三個字的命令，事實上是濃縮了「將船隻轉向，讓船頭稍稍朝向東邊。」的一整句話。

又過了一段時間，海湧伯將這三個字的命令，再度省略成兩個字——「外咧」或「內咧」。再過了一陣子，他只喊：「內」或「外」，我只要觀察漁繩垂入水裡的角度，再配合海湧伯的口令，通常就能把船隻駛到他要的正確位置。

不記得又過了多久，海湧伯把最後一個字也省略掉了，如今，他只要舉起手臂朝他要的方向隨手一揮，我就能把船隻快捷俐落的如海湧伯的意就定位。

「船上引擎這樣大聲，用喊的、用講的，不如用比的。」海湧伯這麼認為。精簡明白的傳達是海上作業溝通的原則，討海人因為這種需要創造了他們習慣獨特的用語。漁事作業中有許多情形是力量和時間的競賽，某些動作得在剎那間徹底執行，才有機會化解突發狀況，語言拉雜甚或使用字數太多，可能一句話還沒講完，機會已經在語隙中流過。特別是緊急狀況下指示動作的命令，通常只允許用簡短、直接的表達方式。

曾聽過一位討海人說：「多講一個字，減拉好幾尺。」意思是說，命令中任何一個多餘的贅字，都足以影響捕撈操作。

我發現，漁船部位名稱及船上各項漁具，都有特別的名稱，而且，大部分名稱都是兩個字，兩個短音字。漁網上緣間隔繫著一列浮球，這條繫著浮球的粗纜稱為「曝光」（整座漁網唯一浮露水面曝光的部分）；漁網下緣有一條裹著鉛粒的垂索稱為「雷腳」（漁網的腳，垂重的腳）；整艘船是面浮在海上的

大盆子，所以甲板一般稱作「盆面」；船身中段最寬敞的船艙稱為「肚盆」；船尖隆起部位像一隻大龜伏據在船頭一般這部位稱為「龜仔」；高高架設在駕駛艙頂的塔台在天候不好時也能看得比駕駛艙裡清楚，稱為「夜霧」；船舵像一片切水的刀，所以稱「刀仔」；動力槳葉像極了蝦子的尾部扇鰭，稱「蝦尾」。

討海人賦予漁船部位和漁具的名稱大抵簡單、直接、具像，有些名稱取得巧妙，感覺像是形容詞而不是名詞。

討海人這種命名模式也普及到海水裡的魚。正式名稱為「三棘天狗鯛」的魚，身壯力粗，上網時常把網絲混亂攪纏成蠶繭樣的一橐，討海人稱這種魚「牛」。赤松毬魚，周身通紅又因為鱗片厚，魚販及釣魚人稱牠「紅鐵甲」，討海人稱牠「戰車」。有種小魚，大頭小眼睛，頭部占去了體長的一半，兩顆小眼睛長在頭頂，眼側長兩根朝上像是天線的角柱，嘴頷裂得很開，表情似笑非笑，給人的感覺是沒有必要而且過度認真的憨傻樣子，討海人叫牠「揹天師」，這名稱有嘲笑意義，將牠看高不看低、伏貼海床、注意上空的滑稽模樣形容得相當傳神，我不曉得這魚的正式名稱，但我確定將不會有比「揹天師」

更貼切的名稱。

對魚隻的稱呼，第一線的接觸者討海人似乎擁有隨意詮釋的權利，總是籠統且隨意的就為某種魚取個別號。而這別號可能比正式名稱爽口、貼切、好記，大家就學著這樣稱呼，很快的，岸上魚販或一般人也跟著稱呼這魚的新名號。

每年四、五月，是鬼頭刀和鰆魚汛季，也偶爾會浮出幾隻翻車魚。鬼頭刀魚體較扁，嘴弧圓滑；鰆魚筒狀身體，嘴吻尖突；翻車魚則是一大塊浮在水面。這期間，討海人只用「圓的、尖的、大塊」來分別這三種魚。以魚價而言，「圓的」因為量多而平常，「尖的」少而珍貴，「大塊」則是可遇不可求的大魚。

每艘船上都裝置了無線話機，討海人在來回漁場的漫長水路中，在撒網、放釣後的等待期間，討海人常用話機閒扯聊天來打發海上這些空檔，這種閒聊不必像漁撈作業時那般節拍緊湊用語簡潔明快，儘管如此，話機中討海人閒聊時的話語還是明顯保持了簡短特性，但這往往只是討海人才聽得懂的幽默。

我常尖起耳朵聆聽話機裡討海人的閒聊對話，這些對話常帶給我辛勞漁撈作業後很大的安慰。

對談通常從呼叫開始——

「海湧伯聽到？」

「聽到。」

「啊，這趟我攏換新鉤仔咧。」

「安怎講？」

「啊，stainless 新鉤仔，十門一千元，今天用來鉤『尖的』穩妥當。」

「鉤『圓的』尚都好。」有鄰船插話進來，消遣他的新鉤子。

「啊，我不認識你，我嘸識你這款朋友。」（討海人很忌諱新漁具受詛咒。）只是戲謔，並不是真的詛咒，所以假裝生氣，回話口氣仍帶著玩笑成分。

「鉤『煙仔』上好。」（俗稱煙仔魚的鰹魚是更廉價的魚種）另個聲音加入消遣的行列。「鉤彼款全身軀攏尖尖刺刺，圓圓干吶一粒球那款的上好啦。」（指的是沒人要的針河魨）

這裡一句，那頭一句，彷彿海上的所有船隻都忙著把最沒人要、最沒價錢的魚種講進來給他釣。

「啊，你這括人，這款人……」裝做很生氣的語調。

話機裡有傳出笑聲。

終於有個聲音出現，話機裡語氣溫柔，慢慢但很清晰的口吻說：「鉤『大塊』卡嘟好啦。」終於有人祝福他的新鉤子。

「啊，這位什麼名，緊報來，什麼名緊報來。」語氣迫切急促，彷彿就要從話機裡鑽過去，一副感恩報答，就要前去擁抱的感動口吻。

「啊，了解。」

話機的對話通常從「聽到。」開始，聽不懂，要求對方進一步解釋時講：「安怎講？」當對方講出「了解。」就表示這次談話結束。

有時海湧伯被呼叫時正在忙，或是不想講話，對方一句話講完，海湧伯立即回應：「了解。」立即結束對談。

討海人的話裡頭，有許多鏗鏘有力的字眼，這些字大多是動詞，而且是單一個字配上一個語助詞。尤其碰到和大魚對峙拚鬥時，漁繩和氛圍都繃得死緊，這些有力的單字就會頻頻出現。

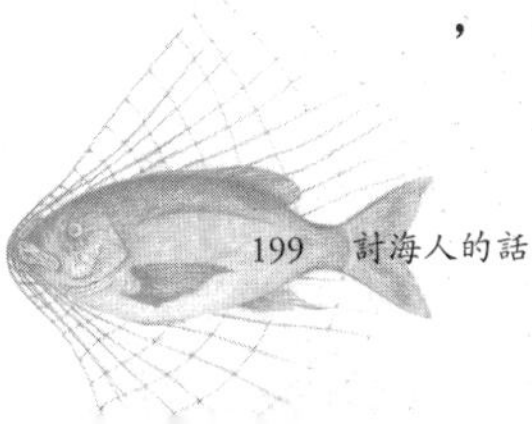

漁繩另一端拉著大魚時，漁繩通常不能掌握，討海人必須藉助船隻動力，很有彈性的來處理這條漁繩，絕不能讓大魚的掙力超過這條漁繩張力。海面底下是個三度空間，大魚能向四面八方逃竄，所以船隻得隨時跟著大魚改變方位，船隻在這時的前進、後退或是盤轉，都是猛爆式的。此時，甲板上手拉漁繩的討海人，成了船隻動力的指揮官，他必須對手上漁繩的張力和角度變化保持敏銳的感知，他得在大魚改變方向開始衝刺前指揮船隻跟進，因此，這時他下的命令必要極為簡短有力。

「砍咧。」意思就是把離合器操作桿推向前；「捧咧。」就是輕拉油線，催促油門；「倒咧。」就是配合指揮者手勢把舵柄推倒、推死；「GO嘿。」要船隻穩定前行的意思，類似英文「Go-ahead」省掉中間音節，有著雄壯邁進的語音及意涵。

我曾問過海湧伯，怎麼會有類似英文的口令，他說：「不知咧，從古早一直喊到現在。」

討海人在話機裡時常詢問對方船隻所在的位置，答覆時很少出現地名。回答的方式大概會是：「廟仔北」、「白厝仔前」、「廟仔口」、「山頭仔」、「北坎邊」、「燈台外」、「廟仔南」，討海人習慣用視線裡最顯著的陸上標點來定位自己。

東海岸鹽寮村有一座大廟，廟後山腰上矗立一尊巨大的觀音神像，即使在夜晚，神像四周點上了投射燈，從海上望去宛如一座燈塔。這座廟就成了討海人報位置時最常提到的據點。

今年母親節那天，只有少數幾艘船出海作業，話機裡響起一段對話——

「真骨力喔，媽媽節還出來掠。」

「啊，抓兩尾『尖的』，就要回去媽媽節了。」

「『尖的』都去媽媽節了，今天沒有『尖的』。」

「好嘛，好嘛，『圓的』沙西米也可以媽媽節一下。」

這天海上作業，我腦子裡全是這段對話，我也真的想著，今天上岸時，抓兩條魚回去媽媽節一下。

討海人的話，尤其是海上對話，幾乎是不經修飾直接從腸肚裡吐出來。海

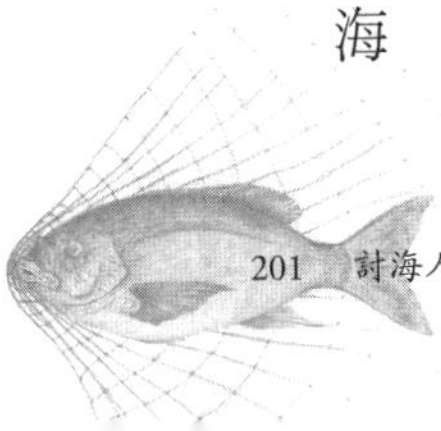

上，彷彿所有的禁忌都不復存在，攸關生死鬼神一般以為較忌諱的話題，也時常在話機中開玩笑似的坦然講出來。上了岸，走入另一個世界，討海人改口使用這個世界的語言，但仍改不了濃厚的海上腔調，像是帶著濃濃鄉音的老兵。

當我開始動了念頭想要記錄討海人海上故事時，一直到現在，覺得最遺憾的是，無法將討海人在海上的對話「原音重現」的一一表達出來；就像永遠無法描寫海洋的完整面貌。

銀劍月光

那尾白帶魚
有阿溪伯身高那麼長，
有兩掌合併一起那麼寬，
大片銀光煥照著
阿溪伯得意的表情。

月光灑落，海面浮漂銀白水波，船身輾過，輾散了海面月色翻溢出一陣陣彷彿玻璃冰裂的脆響。出港不久，海湧伯仰頭看了看西南天空上的大塊積雲，加足了馬力。我們要在月光躲進雲層前，趕到大約十浬外「橄仔樹腳」漁場。

這漁場近幾天來有不錯的白帶魚漁獲。這天農曆十五，月圓，大潮水，我們預料，白帶魚將在今晚傾巢而出。

我從舷外提住一桶海水，沖澆甲板上一箱凍成硬塊的秋刀魚身上，每尾秋刀魚約二十公分長，飽滿肥碩，是吸引白帶魚上鉤的鮮美餌食。船速飛快，排氣管上噴出零星火花，一頃月光往船後傾斜挪移，船尾長浪反覆抬舉著浮浮沉沉的銀白雪峰。

月光煥照，海面低空揉合了海洋水氣浮現大片沉藍光幕，四下靜謐，所有聲響似乎都被摒隔在沉藍光幕以外。船聲空空洞洞，似遙遠天際傳來的回響。月光海洋顯露女性懷抱的溫柔，船隻似沉溺在那無底深沉的溫柔裡而奮力掙脫。海湧伯沉默不語只顧加緊馬力，氣溫陡降，藍藍月色若網絲若無數手臂攀著船身糾纏。

左舷側，一條小魚一再跳出水面，月光在牠身上敷出一層銀霜白粉，才落水洗淨，又爭著跳出水面沾染月光。

海洋似乎不曾休息，月夜海洋，四處生機蠢動。每當日落月起，白帶魚，月光海洋的主要角色，牠們從白日潛藏的深暗海底出巢，像是受到海面月光溶融於水波的光絲吸引，牠們一條條垂直地安靜地往水面擴散。從一兩百公尺深的陰暗海底迅速浮起水表，白帶魚這樣的「垂直位移」行為，因為水壓、水溫的急遽變化，這過程想必是艱苦的。晨曦一起，牠們又得再次位移，深深潛降至陰冷的海底蟄伏。白帶魚幾分像是黑暗森冷的地獄釋放的鬼魂，暗夜漂舞，白晝蟄伏，見不得陽光的魂魄。

白帶魚傾巢而出的夜晚，甲板上，我常聽見海水裡牠們發出的呻吟喘聲，如寒夜裡悽愴呼嘯的颯颯風聲。也許，那只是牠們咬住獵物後甩擺掙扎的聲音，但我的確聽見了牠們，像是飢餓寒冷的呻吟。

好幾年前的一個月圓晚上，我和海湧伯在清水斷崖下捕魚，海湧伯將舷邊燈火點著，海面燈影下密密麻麻游聚了一群飛魚。飛魚鼓動透明長翅在燈影下

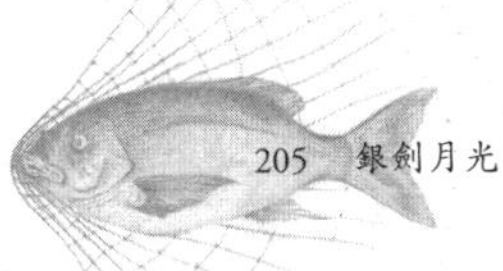

晃晃閃閃，動作如蜻蜓般快速敏捷。海湧伯又點了一盞「水底燈」伸入舷邊海水裡。飛魚看見融在水裡的光，整群倏地瘋狂起來，開始急速衝撞水裡那盞燈火，而且，像炸開了般，許多條飛魚噴出海面，好幾條飛魚如子彈般射向船身，躍過船舷，一頭撞在機房牆板上發出砰砰聲響，牠們撞昏跌落在甲板上，長翅舉在後背，全身痙攣顫抖。

有隻飛魚巧不巧恰好就撞在海湧伯額頭，然後掉落在海湧伯腳邊翻跳。海湧伯瞪牠一眼，罵了句：「青仔叢。」

海湧伯拿起網杓，隨手在海水裡來回一撈，就是滿滿一杓。

沒多久，飛魚群散了，我看到舷邊一條飛魚斷了半截身子，抖擻圈繞著浮上水面，血水紅粉般從殘斷的半截身子汩汩灑出。水波深處，銀光一閃，我看到了一條幽靈樣的長白身影。

海湧伯熄了燈，海面月光浮漂，船邊四處傳來霹霹啪啪水聲，我又聽到了那飢餓寒冷如鬼魂的呻吟。

終於在月光消失前趕到漁場，海面上點點黃澄澄漁火散遍漁場，至少已經有一、二十艘漁船來到這海域捕撈白帶魚。

我們從阿溪伯金發漁號船邊駛過，阿溪伯認出是海湧伯，對我們高呼，並將一條剛釣獲的白帶魚舉過頭頂向我們炫耀。那尾白帶魚有阿溪伯身高那麼長，有兩掌合併一起那麼寬，大片銀光煥照著阿溪伯得意的表情。

啊，那真是一把雄偉的銀劍。

「幹，來晚了。」海湧伯罵了一聲，退掉引擎，匆匆把秋刀魚掛在一串三腳魚鉤上，上頭點上一盞誘魚燈，匆匆於舷邊拋下魚餌。

我和海湧伯各自看顧三條釣絲，兩根釣絲用竹竿撐離船舷外，一根握在手裡，三根釣絲深淺不同，肥美的秋刀魚會在不同流層裡漂晃、誘舞。

船邊海面如反映天上繁星，漂流著點點螢光，那是聚集的一群螢光蟲，牠們真像是飛舞在墨黑海水裡的漫天螢火蟲。有時，螢光蟲會附著在釣絲上，隨著我拉魚時被拉上來。我總是好奇的想仔細瞧瞧牠們，究竟是何種生物能將夜暗海洋點綴得如此美麗。可是，月光下，甲板上，牠們往往失去了螢光，隱形般也失去了蹤影。

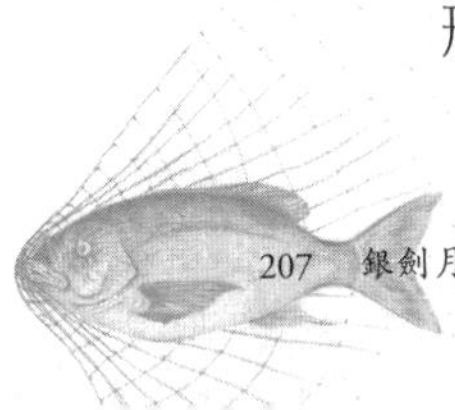

一條「青背魚」衝跳到船上來，針嘴及尾鰭搧打著甲板高高彈跳起來。海湧伯拖拉手上釣絲伸長了腳想踩住牠，牠蹦著跳著躲過海湧伯腳掌，竟又跳越船舷，跳回海水裡去了，彷彿只是上船來打聲招呼。惹海湧伯又罵了一句：「青仔叢。」

白帶魚可沉著謹慎多了，牠們尾部細長如鞭，沒有尾鰭，又是條帶型身軀，這長相限定了他們的游速。眼珠子倒是烏黑、圓滾、晶亮，獠牙頎長而尖銳，尤其尖嘴前緣，上顎微向內彎的四根長獠牙還長著倒鉤，咬合時，上下顎長牙箝合一起，幾乎密不透氣。討海人說起白帶魚，一定對牠如剪的利牙印象深刻，漁人垂釣白帶魚時，餌前總要用一截綱絲替代尼龍釣絲，根據經驗，尼龍釣絲會被白帶魚一口咬斷。

但身形限制，游速不快，老天對白帶魚開了個玩笑，恐怕隨便一條小魚都游得比牠們順暢俐落，牠們並不擅長追擊獵物，白晝天光明朗，牠們追獵機會更小，只好空腹等待天黑了。夜裡，白帶魚浮上水表，以一身銀白反射月光幻化為一線月光隱身在海水裡，悠游款擺在夜暗海水裡，陰陰沉沉，等待被月光迷惑游近牠身邊的獵物。這樣不知下一餐在哪裡的被動獵食者，以頎長且長著倒鉤的獠牙等待，不會輕易放過任何機會。

海湧伯曾告訴我，白帶魚吃餌時，不要立刻拉動釣絲，因為牠會先把魚餌「含」在嘴裡，一陣子後，等獵物被他長牙釘死，才張開大口吞食。我記得那時，海湧伯抬頭看了看迷濛月光，又補了一句說：「記著，少年家，牠不是普通魚仔。」

白帶魚善用虛幻月光，如隱身在夜暗中的幽靈。牠陰狠咬住獵物，像要刨挖獵物深沉的靈魂，尖牙立樁打釘般，深深釘入獵物身體裡，直到獵物結束性命。

有次，我在拔下一尾上鉤白帶魚時，一不小心，小指根部被牠咬住。像一把強力鐵鉗，牠硬是把嘴尖長牙釘入手指皮膚、穿透筋肌直達骨頭，那是疼到骨子裡椎心的痛。

因為被動，白帶魚咬食相當大膽，體形比牠大的魚，牠也往往大膽張口去咬。有時，我們釣起的白帶魚瘦小得沒有魚餌般大。每當釣起這樣的「白帶溜

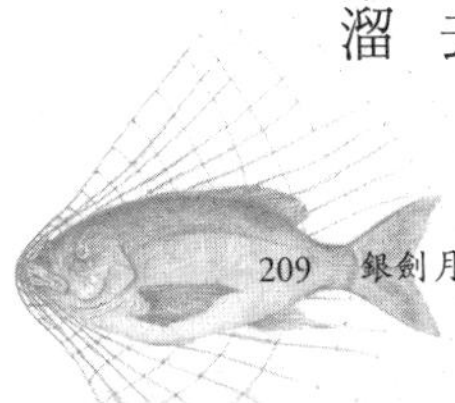

仔」，海湧伯總要說：「一尾換一尾，唉，無夠本錢啦。」意思是說，魚餌還比上鉤的小白帶魚值錢呢。海湧伯也可能是佩服那樣以小吃大的膽量，罵了一聲「幹，好膽明年擱來。」隨手就將這條「白帶溜仔」拋回海水裡。

也有那粗大的白帶魚偶爾會來咬食。釣著大白帶魚後，釣絲繃緊，牠不像其他魚類上鉤後不顧一切的劇烈顫動釣絲，牠只是沉沉拖住釣絲，靜待海面上漁人的動作。當漁人拉拔釣絲魚線繃得最緊時，牠甩動嘴尖，啃咬釣絲，一陣陣，一陣陣，沉著穩重的想咬斷釣絲。

海湧伯只要拉住這樣的大傢伙，他會躬下腰，小心翼翼，像是害怕傷了那個大傢伙。海湧伯慢慢收拉釣絲，嘴裡咕噥嚷著：「阿公啊，慢慢來，阿公。」

我頭一次出海跟海湧伯抓白帶魚時，常聽到船上對講機傳來作業漁船的對話。這裡一句「阿公」，那頭一句「阿公」，我問海湧伯，「阿公」到底是什麼？我記得當時海湧伯回答說：「像我那麼老，像我那麼長的，就叫做阿公。」

「阿公」究竟不同，經驗豐富，沉沉穩穩，海湧伯謹慎細心的把牠拉到船邊，已經看見魚了，但海湧伯不敢一下提牠上來。海湧伯總要等湧浪拱抬攀上舷邊時機，一鼓作氣把這條「阿公」請上甲板。

果然是條「阿公」，那頭殼、嘴尖，不是順著水阻的平滑，而是有角度、有姿勢的稜稜角角，而且，整顆頭顱泛出比銀白還要沉著的銀綠光澤，幾分像是海湧伯臉上的風霜皺紋。看，那長牙耀閃刀鋒光芒，如銀亮匕首晃動比劃；看，那透明長條背鰭，曲柔婉約的搧起波波浪紋，好像還悠然的置身在海水裡；看，那寬大的身子銀光閃閃如一疋銀緞迤邐。我只能一段距離外欣賞牠，不敢上前碰牠，怕壞了牠的神氣和美麗。我覺得，像海湧伯這樣的「阿公級」老漁人，才能觸碰那幾乎已變成海洋精靈的大尾銀劍月光。

海湧伯說，這是一尾「瘦帶」。跟海湧伯抓白帶魚許多年，我始終搞不懂「瘦帶」和「油帶」的區別。每次問海湧伯，他老是回答說：「『瘦帶』卡肥，『油帶』卡瘦。」

我一直認為海湧伯在開玩笑。

後來，從別的漁人口中才明白，「油帶」習慣在近岸淺礁處覓食，「阿公級油帶」早因沿岸污染和過度捕撈變得稀少；而「瘦帶」通常在離岸較遠的海域活動，遠離海岸的緣故，仍有較多的「阿公瘦帶」留存。想想海湧伯矛盾顛倒的回答，也確是現況事實。

月光沒入雲層裡，海面燦亮銀光陡然消逝，船尾燈泡搖晃著暈黃，一圈光影外，就剩濃稠如墨的夜暗。

白帶魚隨著月光沒入，魚汛忽然消失無蹤。釣絲靜悄悄斜入黑暗海面，海湧伯幾次拉起釣絲，調整深度，仍然沒有白帶魚任何訊息。

漁場裡的幾艘漁船開始移動，有的往外海遠去，有的衝進灣底淺灘，漁人挪動船隻各自在黑暗海上搜索銀劍月光的下一波蹤跡。

幾條一般稱為「南魷」的魷魚，趁機謹慎的游進燈影裡，牠們箭一樣的暗紅身軀，倒射著，游一步停一下，觸腳伸長，接近聚在船邊燈影下的小魚，像一隻隻逼近獵物匍匐著的貓。

幾朵圓盤傘狀水母，舞動裙襬，漂近燈緣，「南魷」們頓了一下，察覺情況不對，箭一樣的噴射離去。白花花透明水母，獨占了整塊燈影，如船上灑出去千千百百個迎風張揚的降落傘，也像是海面盛開著蛋白色的巨大花朵。船隻被傘花包圍如被托出，像是置身在花團錦簇當中。

夜暗海洋並未因銀劍月光的離去而沉眠靜寂，各種生命像永遠不曾疲憊的潮浪，一波波湧打船舷。海洋主角，遞嬗更移。就那小小一圈燈影下，上演了一幕幕繁華及消逝。月光已然隱去，我們無法想像燈影外的無盡黑暗裡有多熱鬧，也無從預知，接下來海洋將在船邊排演何種戲碼。

海湧伯收起釣絲，並沒有移動船隻的打算，他坐在船尾板上，面對船尾大片黑暗，似專注的在傾聽什麼。一顆明亮星辰浮起東方天際，西風緩緩吹著，眼睛看不見但感覺到船下海流隨潮汐轉換似乎有了變化。

一響、兩響，海湧伯手掌輕拍在船尾板上，遠方暗處響起零落拍水聲；三響、四響，海湧伯手掌節奏變得急切有力；拍水聲由遠漸近。

海湧伯站起身，拋下魚餌，用喊破窒悶黑暗般的聲調說：「回來了，牠們回來了，天色破曉前，牠們一起回來了。」

東邊天際淺露一絲灰白，月光從西天雲縫斬落一道銀光，斜披海面。是月光對黑暗大海的最後一瞥，我和海湧伯都明白，最後一次索餌，牠們很快的就要潛伏離去。

濛濛海上，我又聽到銀劍月光在船邊淒淒呻吟。

好頭采

牽新船路上能遇到這樣的大魚，
缺少裝備的情況下
還能得到這條魚，
究竟是命運，
還是能力。
阿山低頭只說了句：
「這艘船，好頭采。」

「娶某」、「入厝」，人生兩大喜事，對於一向把命運放流於大海的討海人來說，「牽新船」是討海人的海上大喜。

少年討海人阿山，勤勤儉儉有了點積蓄，打算換艘大一點的漁船。為了挑船、選船，阿山拉著海湧伯三天兩頭往南方澳漁港跑。買船不比買房子輕鬆，討海人和船隻的關係，是命運相繫的海上伙伴，對於船隻配備，討海人不止講究完美無瑕，而且還要求與船隻立命連身的感覺。

討海人在比評一艘漁船時若說：「啊，這艘船有臭腥命。」就表示這艘船勇猛善戰，具備豐收滿載的命底。海湧伯和阿山挑挑揀揀，看過無數艘漁船，為的就是要買到有這種感覺的伙伴。

海湧伯是個從小沾海，黑頭鬃拚到嘴鬚白的老討海人，挑選船隻，他有他獨到的敏銳直覺。像個老農夫謹慎地挑選一條耐得起拖磨的耕牛，海湧伯一腳踏入船舷，掀動鼻翼，前後艙來回走動，一下喃喃咕噥著誰也聽不懂的言辭，一下停住腳步，側耳傾聽，像是在跟這艘船對話交談。

那幾乎是鉅細靡遺的審慎，每一根船釘，每一片船板，宛如一本厚甸甸的書冊，他們每一頁、每一行，恐怕錯過了什麼細節似的，一一翻閱審讀。彷彿在品頭論足一個將要過門的媳婦。

漁船買賣沒有紙據合約，全憑口頭約定，像海上漁撈作業的諸多協定，並沒有如陸地上動不動就來一段冗長拗口的條文法規，討海人仰仗彼此間的道義和氣魄，遵循海上天理，這是討海人長年討海學來的漾漾性格，儘管粗獷籠統，但恍若天道不可違逆般，海洋是個無上權威的仲裁者。

新船買定後，船隻上架做最後整修。阿山像個熱戀中的小伙子，突然從花蓮港的碼頭和海域消失了好一陣子，他終日在南方澳漁港陪伴他的新船，像是為了和新船培養婚前的情緒。

大喜前夕，阿山忽然電話邀我一起牽新船回花蓮港，這讓我覺得像是被邀請當伴郎般的榮幸；另外，海湧伯不放心少年阿山的辦事能力，特地開車到南方澳探視。牽新船回港這天，我特地穿戴整齊，天亮不久就和海湧伯來到南方澳漁港。

阿山的新船上了新漆，在擁擠的船渠裡顯得耀眼。阿山不在船上，艙口甲板上一堆蚊香灰，幾件夾克踢在低隘的艙角，這是阿山的船窩，顯然這幾天阿山都陪著新船睡在船上。海湧伯出去找阿山，我留在船上等。

南風強盛，朝陽帶著紅霞灑落碼頭。終於，一段時間後海湧伯和阿山從燦眼的晨曦光芒裡併肩走來。海湧伯側臉，兩手不停向阿山比劃著，大概是在一一詢問他新船出港的準備工作是否都已妥當。阿山小心的點著頭，點著頭，模樣有點憨傻。大喜日子，他還是平日模樣，赤膊、赤腳、穿著那條好像永遠不曾換洗的黑短褲，頭髮枯褐糾結，膚色棕赤，像一頭日曬過度的雄獅子，一點也看不出大喜日子當新郎倌該有的倜儻。

海湧伯聲調漸漸大起來，語氣裡有了責備。我站在新船凌空伸在碼頭上的鏢魚台上，他們倆恰好面對面停在鏢台下，海湧伯背對著我、背對著新船，阿山臉上滿是陽光。阿山不時瞇起眼，半抬起頭向我微笑打招呼，但每次都被海湧伯的罵聲給拉了回去。

「來這麼多天了，到底在做什麼？」

「冤枉啊，每天天光一直無閒到天暗昏，千千百百項要準備哩。」阿山比手劃腳，孩子樣的爭辯著。陽光始終停在他臉上，我居高臨下，一直看著他的表情變化，終於看出他受責備後仍然隱藏不住的一絲歡喜。

「油打了沒？冰打了沒？」海湧伯咄咄逼問。

終於被抓到犯了錯，小孩心虛似的，阿山遲疑了一下，謹慎的搖了搖頭說：「啊，開回去花蓮港的油夠了啊，冰也用不著啊。」

一說完，阿山明白的立刻倒退一步，敏捷的側頭一閃，海湧伯一巴掌落空，仍舉著手臂悻悻然說：「過來，過來，是否我千交代萬交代，打油、加冰，這是新船出航的好頭采；過來，給我過來。」

阿山乖乖向前兩步，但彷彿熟知海湧伯何時出手，一蹲、半偏、側縮，俐落的閃躲掉海湧伯前欺的巴掌。移轉焦點吧，他匆匆揮手，朝著鏢台上的我高喊：「好嘛，好嘛；打油加冰，打油、加冰。」

阿山開著新船在港域裡來回奔波，一下靠這碼頭打油，一下綁那碼頭加冰。

太陽曬燙了碼頭，堤面熱氣氤氳蛇擺，阿山赤腳跳上碼頭，像受不住燙的猴子，蹦蹦跳跳跑開。一下抱回來兩簍漁繩，一下子扛兩根鏢杆，一下子叮叮

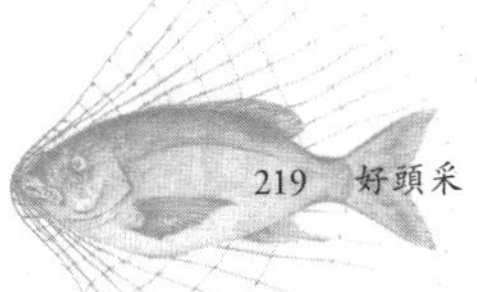

噹噹揹回來一袋鐵器。預計九點出港，如今都已經過了十點，阿山還在港裡四處張羅。他急得滿頭滿臉，胸膛後背，像是澆了一桶水，全都晶晶亮亮懸滿了沾著陽光的汗珠子。

最後，終於船隻催緊馬力，匆匆駛向報關哨碼頭。

海湧伯孤單的拎著一串鞭炮，佇立在報關哨碼頭，陽光下不曉得枯候了多久。

阿山一邊泊船，一邊偏頭露出白皙的牙齒低聲對我說：「啊，這聲一定罵得比龍炮卡響。」

港外湧來的細波碎湧，一下下顛顫著船身，船尖瞄向港嘴。新船就要離港，真像是一頭不住扒著趾爪，就要衝出去的一頭猛獸。船隻和阿山似乎都聞到了港堤外飄來的腥鮮海風，那裡海闊天空，那裡大海無垠，一堤之隔，那裡就是彼此相融相依新旅程的開始。

海湧伯一臉皺紋撐張，強忍著沒多說什麼，這時刻，說什麼也得擠出笑臉相送。辦妥出航手續，將要出航。海湧伯忽然收起笑臉，拍著阿山的背說：「山仔，此後滿載而歸，不要滿載烏龜。」

阿山用力點了點頭，登上塔台，「喀達」一聲離合器推進，油門催促，引擎激動，船尾嘩啦啦汩起湧湧白沫。陽光和煦，海湧伯高舉手臂，高聲喊：「滿載啊，滿載啊……」隨即點燃鞭炮。

阿山回頭喚我：「嘎點咧，趕緊嘎點咧！」我點燃掛在舷邊的一串鞭炮。「霹霹、啪啪」、「霹霹、啪啪」，岸邊、甲板兩串鞭炮隔著裊裊汨汨一團青煙，相互呼應。

船隻煙靄裡穩健衝出，遠遠的、遠遠的，海湧伯還沒離開，碼頭上他遙遙揮著他的手臂。

三盤水果擺在後艙蓋上，阿山點了三柱香拜祭後插在艙蓋縫隙，艙裡拖出一大箱紙錢，阿山回來接手船舵，他指著那箱紙錢囑咐我：「攏總撒下去吧。」

金紙剛剛在港裡焚燒祭神、拜天，這箱銀紙不燒，離開碼頭後盡撒在海上，獻給海上的「好兄弟們」。天是神界，討海人認為海域由「好兄弟」所掌理，當船隻離開了神、鬼、人混跡的陸地，浮泛於大海，浮泛於「好兄弟」所掌管的領域，紙錢是入場的門票規費，包括過路費、保護費，亦是祈求豐收滿載的賄費。

船隻斜身將要轉出港堤，南風拂颳舷側，我將一疊疊紙錢奮力拋向天空，南風的指頭頑皮玩耍，紙錢在空中抖散翻飛，似一群群跟在船邊的黃蝶。

出港前，我回頭看了一眼碼頭上海湧伯的身影，不曉得為什麼，忽然覺得孤單。

天、地、海，無論神鬼，所有的未知，所有此後的命運，祈求的、威嚇的、討好的，金紙、鞭炮、銀紙，一一燃放，一一昇空或下海，這些儀式後，我彷彿聽見了反覆低迴在南風裡的祝禱歌聲——「阿山和他的新船，以身相許，血脈相通，以身相許，血脈相通……」

邁出港堤，船隻轉身朝南，船尖逆風拍浪仰伏，這時，我忽然感覺到，那未知的世界睜開了眼，凝視著阿山和他的新船。

白雲被南風吹散成零亂的斑塊，片片飄過船桅。

「怎樣，怎樣，我的新船怎樣？」船隻過了東澳岬，阿山將舵盤交給我，問了一句。也不等我回話，立刻像一隻爬樹的猴子般爬上爬下。一下鑽進機艙，一下船頭船尾，一下前艙後艙，他四處查看初航的新船。偶爾經過塔台下，他頭也不抬的大聲喊：「怎樣，我的新船怎樣。」

我曉得不用理他。

終於，當一切都檢證滿意了，阿山才爬回塔台，「啊，兩天沒睏，整天都在想，以後要怎樣照顧她。」

從這艘新船倒敘說起，阿山配著經過的沿岸，談到他過去的每一艘舊船。幾乎每個鼻岬，每個灣澳，都有他和他過去的船隻一起鋪陳的一段段往事。阿山年紀輕輕，聽起來他的一生彷彿都溶融在這片海域裡。

過了大濁水溪口，進入花蓮海域，阿山扭開話機，守候來自家鄉漁港的呼叫。牽新船航程已經過了大半，阿山不時回頭張望掛在船尾的拖釣尾繩。雖然這趟航行目的是牽新船回家，不是捕魚，我了解阿山放下尾繩的用意——船隻初航時，若能多少沾個魚腥味，將會是這艘船真正的好頭采。

我們也知道，這樣的直速航行，除非船尖長了眼睛自己去撞上魚，捕到魚的機會並不大。總是一線希望，像討海人對鬼神的諸多祈求，在求與得之間，他們心裡並不存著相關的等號。

清水斷崖斑駁危聳如一面銅牆鐵壁矗立在岸崖邊；太魯閣峽谷似一道沉重的鉛錘，拖拉住層層山稜線切落谷底。船頭遠方的東海岸山脈，像是剛從海底擠壓昇起，濛濛浮在天際。

「是啥啊？」

船前一根紅灰身影切出海面，馱出背峰後又迅即埋入水裡。

看清楚，看清楚，原來是一頭俗稱「王鯃」的偽虎鯨切過船前水域。

「啊，嚇一跳咧！」阿山無奈地摸摸後腦勺。

一句話不及講完，他手臂、指頭竟然就愣愣抖抖的指著前方剛剛那頭王鯃沒入的方位：「看喔斟酌、看喔斟酌，是啥，是啥？」就船尖正前，一根魚鰭舉在水面搖搖擺擺。

我立刻拉回油門，退掉離合器。

看仔細了，啊，啊，竟然是一條約兩百公斤重的鲨魚慢慢的在那游晃。

阿山從塔台一翻，矯捷的跳下前甲板，他動作十分篤定明確，他想要這條魚。

船上雖備有新鏢杆、新鏢繩，但都分散著還未組裝。

阿山是個很好的潛水漁人，但他沒有鏢魚經驗。我看他靠在艙柱上，兩手微微顫抖著組裝鏢杆。看阿山這生手模樣，我心裡想，儘管蜇魚動作一向溫吞緩慢，但得到這條魚的機會應該不大。

蜇魚似在散步，搖搖晃晃留在船前慢慢行進。我謹慎操控船隻，小心翼翼讓船尖離牠十米左右跟住。就差一條連接的繩索，感覺還真像是這條蜇魚牽著船隻在海上散步。

足足散步了五分鐘之久，阿山終於組裝好鏢具，匆匆持著頎長鏢杆，一腳便踩上鏢台。我稍稍催船，讓鏢台靠近漫遊的這條蜇魚。

牠還在鏢台下游游晃晃，絲毫沒有警覺到船尖已經逼近。

阿山高舉鏢杆，依勢就要射去。

不曉得為什麼，阿山那麼的躊躇了一下。

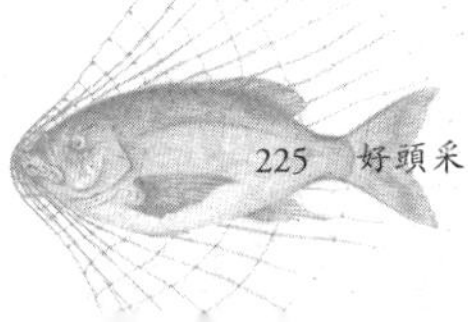

我無數次看過海湧伯鏢魚，阿山是少了鏢魚的那種威猛銳氣。鏢杆舉在阿山右肩，畫面停格般僵住了。我這才發現，那鏢尖、鏢繩與鏢杆連結得並不扎實，一如阿山露著破綻的舉鏢動作。

躊躇間，萏魚滑溜的順著舷牆滑向船尾。受到驚嚇，塔台上我看見牠眼珠子閃動著不安，胸鰭兩下拍水，似有下潛跡象。

我趕緊側傾迴船，幸運的再次逼近猶豫著將要下潛的這條萏魚。機會就剩這瞬間了。

阿山重新舉鏢，腳步還沒踩穩，竟然就這樣不顧一切的將鏢杆脫手扔出。

「這下鏢得中也是奇蹟。」我心裡這樣想。

沒想到，阿山牽著鏢繩，「啊，啊，啊，著啊、著啊！」一路驚叫嘟嚷著跳下鏢台。新船的頭采，也是阿山的運，果真被他胡亂地給刺中了。

我跳下甲板，接過鏢繩，緩緩撐住，心裡想：「鏢中只是起運，能否得到這條魚，接下來的才是考驗。」我曉得，新船上沒有長鉤桿、沒有鐵鉤、沒有起重機……一丈差八尺，即使順利的把魚拉到舷邊，接著又能怎樣？

阿山在我背後，發出很大的敲擊噪響，似在敲打什麼。回頭，看到他拆下撐著艉燈的一根竹竿，用鐵鎚敲打、拗折，不曉得他心裡在打什麼算盤。

輕拉、細挽，中鏢的蜇魚漸漸被拉近船尾，漂在水裡的大片魚影已隱約可見。阿山這時站過來在我身邊，嚇一跳，他竟然穿上了衣褶鮮明的白襯衫和藍尼西裝褲，還穿了一雙鮮紅的襪子，這套衣物應該是他準備進港時才要風光穿上的新衣，如今怪怪的，穿著在他身上。從來沒看過阿山如此穿著整齊，但重點是，我還是不清楚這時候他這身穿著到底為了什麼。

蜇魚終於浮出水面，鏢尖僅淺淺鉤掛在牠尾裙上緣，鏢尖上的三片倒鉤斜傾露出其中兩根，這一鏢並未著力深入魚體，牠隨時可能脫鉤離去。

阿山手裡持一根約半米長，一端撕尖了的竹片，竹片的兩個竹節間，敲出一截裂洞，裂縫裡穿住了一截鏢繩，像一根巨大而粗糙的縫衣針。阿山看了一眼勉強被我挽拉在船尾的蜇魚，嘆口氣說：「啊，哪留牠得住，是咱好運。」

沒任何預告或預備動作，阿山竟然一躍跨出船尾板，縱身跳入水裡。

難道阿山想用手上那根竹針縫住這條魚？蜇魚儘管周身軟骨，但牠那粗糙

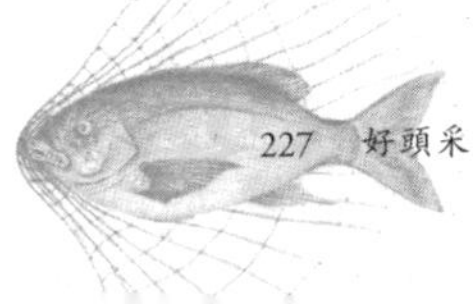

如紗紙的表皮，至少也得鐵器利刃才能穿刺。難道，阿山想為牠量身編織一張網袋來套住牠？

阿山游近蜇魚，竟然像隻無尾熊，手腳並用的使勁抱住蜇魚那塊狀魚體。

蜇魚不耐煩地不住翻動，阿山好幾次被蜇魚壓入水裡，也好幾次被甩下魚體。我手上的漁繩時緊、時鬆，這是從來不曾有過的經驗，我一時拿不定主意到底該放手還是該扯緊。

蜇魚仍浮在水面氣喘吁吁。阿山屢次從水裡浮出，吐兩口水，多麼猴急，回身又去緊緊抱住大魚。

啊，多麼渴切的欲望，才能讓獵人如此一而再的被拒絕，又一而再的抱緊他的獵物。多麼激情啊，浪花翻騰，他們一起在波濤裡翻滾、沉浮，我深深覺得阿山是愛著這條魚的。

但，直到這時我還是想不透，阿山到底在幹什麼？

一縷鮮血煙霧般從他們倆的翻騰中漫出，迅速擴染成恍如一朵大紅玫瑰綻開在船尾。

蜇魚浮在玫瑰花瓣裡，終於安靜不再掙扎。

阿山游回船尾，將竹片遞給我。

竹片黏黏膩膩，帶著血絲。

竹片連結的鏢繩垂下船尾板，一路向浮在海面那條蜇魚延伸過去，一直延伸到蜇魚含血的眼眶。

阿山翻上船舷，匆匆在鏢繩繩端繫接一條粗纜。鏢繩一端用力拖動，粗纜衝向蜇魚，衝向牠的眼眶，刺穿牠的眼窟。

這時，可以確定，我們終於得到了這條魚。

牽新船路上能遇到這樣的大魚，缺少裝備的情況下還能得到這條魚，究竟是命運，還是能力。阿山低頭只說了句：「這艘船，好頭采。」

粗纜繫緊在艉柱上，蜇魚大片身體被船尾白沫托起，如拖拉著一艘小艇一陣陣拍打水面。阿山脫掉沾了血跡，溼漉漉、黏膩膩的襯衫和長褲，脫掉滴水的紅襪子，換回習慣穿的黑短褲。

添了油門，我將舵位瞄準漸漸清晰的海岸山脈。忽然，聽見後甲板傳來「啊

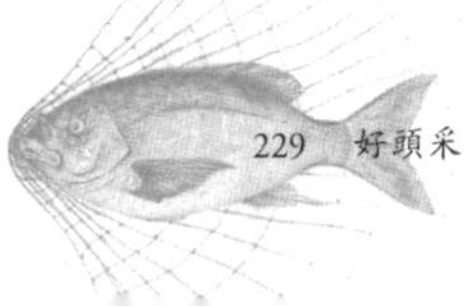

嗚、啊嗚」一陣狂嘯。

我回頭看見，阿山面對船尾，兩手捶胸，金剛一樣，仰天長嘯。

無線話機這時響了，是海湧伯。

「衝啥小，幾點鐘了還沒駛進來，一大堆人在港口等啊！」阿山舉起話機，用輕細得幾乎是溫柔的語調慢慢回答說：「啊，船尾拖一條蜇魚，當然嘛駛不快。」

海湧伯在南方澳碼頭送行的身影還鮮明的在腦子裡，如今他已在花蓮港碼頭等著我們入港。海湧伯的呼叫聲，讓我一時錯覺，這整個過程恍惚如一場虛幻的夢影。

船隻切過奇萊鼻角，大約再三十分就要入港。

夕陽煥照，滿天紅霞，話機響個不停，碼頭等候的漁人，一個個輪番上陣在話機裡向阿山道賀。阿山孩子般頑皮的東扯西扯：「啊，好天氣啦，好流水啦。」好像盡量避免去提及船尾拖著的那條蜇魚。但又憋不住、壓不住似的，偶爾也瘋顛顛的、錯亂的自己在話機裡獨白似的說些片斷經過。

轉入花蓮港防波堤，阿山爬上塔台，接手船舵。油門拉撐，胸膛挺起，船隻邁勁衝出。他赤膊、赤腳，頭髮已經風乾，順著牽新船回港途中一路的風痕張舉。我對他說：「要不要我的上衣借你。」他只扮個鬼臉，沒有回答。

沒想到船隻離報關碼頭還百公尺遠，沖天炮響著哨聲，如一道道光雨斜射撲來，鞭炮火光帶著激烈聲響持久跳閃在青濛濛碼頭上，青煙裡人頭浮動，其中海湧伯遠遠的已舉起手臂。

十分風光的一刻，我分享阿山牽新船加上好頭采的榮光喜悅。

船隻泊岸，蜇魚被早已準備好的旋臂起重機吊起半空。海湧伯跳上船來，帶來牲禮和米酒，點了一柱香，轉頭叫喚傻呼呼仍霸據在塔台上的阿山下來祭拜。阿山醒過來似的，從塔台一躍而下，從海湧伯手上接過一柱香，一臉茫然。

全場靜穆，對著擺著牲禮的船頭，阿山默然站立了好一會兒，忽然，他轉頭問海湧伯說：「要講啥？」

人群一陣哄笑，海湧伯再也忍不住了，一巴掌拍在阿山腦袋上，阿山傻笑著說：「啊，你替我唸好了。」

人群裡有個聲音說：「這種人，才有這種命。」

「我阿山仔」；「我阿山仔」，海湧伯唸一句，阿山後頭緊跟一句：「今天，牽新船入花蓮港……保庇我平安……保庇我豐收……」海湧伯貼緊阿山背後，兩手搭在他肩上，表情誠懇莊重，阿山垂著頭，彷彿閉著眼。

青煙裊裊焚飛向天。

「……以身相許、血脈相通……」我又聽見了祝禱歌聲隨青煙輕揚盤旋。

米酒潑向船尖，阿山舉著空杯捨不得似的仰頭吮啜了一口杯底的殘液，惹海湧伯又是一陣拳頭、一陣叫罵。阿山兩三步跳上碼頭，好像終於解脫，終於恢復他原來的模樣，到處抓著人，聽他誇張的敘述這場好頭采的整個過程。

評介一

翻版的《老人與海》
——期待海洋文學

彭瑞金

以海明威的《老人與海》翻版，形容廖鴻基的〈三月三樣三〉並不是無條件的揄揚。《老人與海》是世界著名的作品，也是海明威極具個性特質的代表作，雖然寫的是海洋、漁人的故事，卻不是一部以漁民為重心或以捕魚生活為重點的海洋小說，反而是寫海明威的人生哲學，發表他個人宗教信仰、生活情操的體認。不錯，海明威筆下倔強、堅毅的老漁夫——桑蒂雅哥，在和大海裡的鯊魚搏鬥的經過，的確寫到了一些漁民捕魚的經驗，特別是有關海洋風景的描寫。不過，任誰也不會認為海明威想寫的是漁民和海洋，他寫的只是海明威式的人性探索，他的「哲學」其實不必透過漁民或海洋，在陸地上一樣可以發生，一樣可以表達。

〈三月三樣三〉結構上相當形似於《老人與海》的捕魚事件，第一人稱的「少年家」追憶和老經驗的「海湧伯」出海捕魚的經過。「海湧伯」嫻熟捕魚事務，懂得海性也了解魚性，有桑蒂雅哥的大膽和心細，他敢在多變的三月天出海，知道怎樣尋找獵物——「煙仔虎」，也知道如何引牠上勾，讓獵物失去戒心，盲目追擊餌食，利用船速的控制拖垮獵物，使牠累倒束手就擒，但眼看就要上手的豐收，關鍵時刻卻冒出幾隻被咒稱「死人牙齒」的黑鯖河魨，把「煙仔虎」吃得「只剩一顆頭顱連接一條血肉模糊的骨排」。看到這裡，很難叫人不聯想到是《老人與海》的翻版故事。此外，「少年家」舉起長棍敲打河魨，以及結尾處，「海湧伯」苦笑著對「少年家」說：「少年家，假餌放下去吧！」表示不肯向大海認輸的堅毅，和老漁夫桑蒂雅哥的結局重疊，就更明顯了。

然而，〈三月三樣三〉可以說和《老人與海》是完全不同定位的寫作，這篇作品從季節著手，有意凸顯捕魚人的艱辛，「海湧伯」雖然被描寫成能充分掌握大海，對自己從事的行業充滿自信的老漁夫，但是他也只是被描寫成眾多類似的討海人的「共相」，不像「桑蒂雅哥」被突顯為英雄般的勇者，在寫作的目的和意義上，〈三月三樣三〉是朝著海洋文學、漁民小說的方向前行的，相形之下，《老人與海》呢？它就是一部為勵志而虛構捕魚情節的小說了。海明威在塑造自己，或是說塑造心中的英雄形象，「三月」則寫的是普遍的故事，「海湧伯」寫得面目模糊，並不要緊，倒是他的行為、工作顯現的意義需要比較完整的掌握。

也就是說，〈三月三樣三〉一旦明確定為海洋小說或漁民小說，不僅可以擺脫《老人與海》的影子，更可能開拓出台灣小說新的視野出來。台灣有山、有海，但台灣的寫實小說迄今為止，卻只開發及占台灣面積不到三分之一的「平地」上，如果把台灣四周、和台灣人民生活密切相連的婆娑之洋包括進去，開發比例就更低了，何況所謂「平地」，開發的也只是局部的幾個角落而已，這篇嘗試描寫海洋和捕魚的作品，可以說開啟了台灣小說創作的另一道門，通往無邊無際的大海，那是台灣文學十倍、百倍於以往的、未開發的場域。

誠然，我們過去也有過零星的「海洋文學」作品或漁民文學，但也無可否認的，就像有人辯稱我們也有高山文學一樣，都不外是陸地觀魚的海洋文學，在沒有海洋觀點的生活和教育之前，我們很難擁有海洋文學。以目前的台灣社會而言，自我「陸封」的心態相當嚴重，意識上受制於大陸國家的觀念、影響，使我們完全喪失海洋國家的自覺，才會忽略海洋和我們生活的密切，疏於從大海去擴充我們的生活領域，豐富生活的資源，反而是對四周的大海諱莫如深，在建立親海文化之前，妄稱我們已擁有海洋文學，當然是無知的。

只是，廖鴻基這篇作品所伸出的文學探針，也就具有不平凡的意義了。從他的立題隱約涵蓋的海洋觀點，顯示他有寫海洋題材的創作企圖心，也許他那散文味道很濃的描述文學，還沒有能力勾勒出海洋文化觀點文學的具體規模出來，但他所描繪的海洋景觀，是豐富而優美的，已經擺脫盲目的大海頌歌或對大海無謂的疑忌那樣的隔岸觀火，一種置身大海、生活在大海的感覺，被描繪出來了，一個屬於海洋生活的漁人形像，也被平實地刻劃出來了。「海湧伯」能在「時而風平浪靜時而波濤洶湧」變幻無常的季節出海，顯示他已經是和大海融為一體的討海人，他也有深悉海洋生活的哲學，何者該取、何者不該取，碰到頑強的對手，他會砍斷漁繩，不去硬碰硬，但他也有智取，誘魚上鉤的狡黠——拖著第一隻上鉤的「煙仔虎」急走，避免牠向同伴示警。我們看到人與大海相合相容的文學場景。

大體說來，〈三月三樣三〉已經賦予「海洋文學」獨立的場景了，它不是另一種文學的附屬文學或邊緣文學，它能以海洋生活為中心來經營這篇作品。其次它已經營造出從容生存於大海中的人物，一種既具有海洋生活技能又具備海洋生活智慧的人物，他既不是海洋的入侵者，也不是掠奪者。具備這兩樣條件後，可以說具有海洋文學的雛型了。

不過，這篇作品裡，作者似乎不是不經意地一再提醒讀者，這裡寫的只是「那一年」、「去年」的一件孤立的討海人故事而已，它的脆弱性足以否定「海湧伯」所具有的漁民共相意義，缺乏海洋生活的重量感，只是把它當一件事不關己的海洋上發生的故事來寫。所以能寫出海洋風景來，也能刻劃出海洋生活人物來，可能緣自實際的經驗，但當這篇作品避開《老人與海》式的意志鍛鍊的厚重主題之後，理應還給它生活文學的本色，它是一群討海人的生活世界，它應該具備海洋生活的豐富性。

也許台灣海洋文化的時代尚未到來，但不能否認，有台灣史以來，海洋和台灣就產生緊密相連的關係，不管主動將生活的觸角伸向海洋，抑或被動地受到海洋的影響，也不問影響程度的深淺，總有一群人，或不斷地向四周的大海探取生活資源，或不斷地接受來自大海的衝擊、影響。若論及海洋對大環境的影響，就不僅僅是瀕海的地帶了，整個島上的生活，無論是動物、植物……，恐怕都籠罩在海洋的影響下生活。台灣文學沒有理由不發展海洋文學，海洋文學一旦貼近海洋文化，擁有無限發展的空間。當然，這裡不是苛求一篇短篇作品便要涵蓋這麼深重的文學課題，而是說，作者大可不必以淺嚐即止的小心來對待自己的發現，不妨抱持更雄偉的創作野心，試著去建立全新的文學中心，做個海洋文學的開拓者。

台灣作家有不可能去翻版《老人與海》的理由，因為《老人與海》是典型的美國文化產物。值此，台灣文化的定位一再被模糊、扭曲之際，以海洋為視野的台灣新中心文化，仍然只是處於剛萌芽的階段，像廖鴻基這樣踏出的海洋文學腳步，不僅僅是題材上的新穎而已，他應該有對舊有的文學空間提供批判的力量，讓我們的文學開拓新空間，豎立新中心，或許可以一舉破解當前的困局。而且，我們有很大的機會，建立海洋觀點的台灣新文學，廖鴻基不妨做個開道先鋒。

鏗鏘擊撞的「鐵魚」

蔣勳

〈鐵魚〉是風格特殊的一篇散文。

散文的可能性非常大，它有點界於小說和詩之間，可以像小說一樣鋪陳情節故事，也可以像詩一樣凝鍊出一種美學的心境。

也許由於一種婉約風格散文的流行，逐漸使大家遺忘了散文的其他可能。〈鐵魚〉這一篇散文就以直樸、甚至有一點重拙的語言，描述海上捕魚的粗獷陽剛的生活。

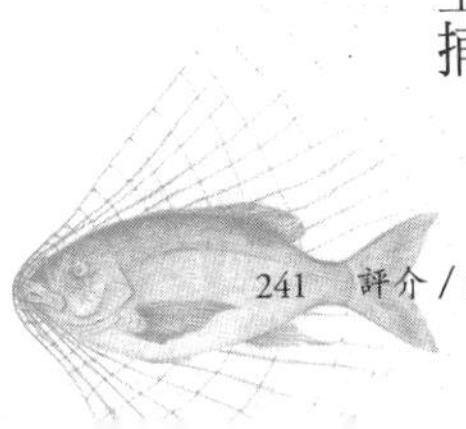

〈鐵魚〉的語言形式並不流暢，甚至閱讀的時候，有一點拗口；但是，配合著重量感的內容，〈鐵魚〉的語言給我一種金屬擊撞的鏗鏘之感，也許，是比較適合用來寫討海人與自然搏鬥的生存；也給人一種與婉約文體不同感受的另一種散文風格。

〈鐵魚〉顯然有寫小說的意圖，情節、懸疑、對話、戲劇性的張力，構成了這篇散文強烈的小說傾向。當然，現代文類的劃分，對創作者而言，可以沒有太多限制。以一般人寫散文的習慣，也許會更多著墨於海湧伯心情的獨白，或者海上景象的描述罷，〈鐵魚〉的作者反而比較更多用力在事件的推演。

海湧伯與鐵魚，使人想到《老人與海》，甚至使人想到《白鯨記》，對頑強生存的悲劇性尊嚴，〈鐵魚〉已經觸碰到了邊緣，但是，結尾的部分，由於轉向於對雌雄鐵魚依戀的描寫，似乎反而鬆散掉了原來經營的強度與悲劇意識。

〈鐵魚〉如果來自一種真實生活的感受，的確引導出了一種和書齋散文不同的風格走向。在廣闊的散文天地中，可以重新燃起文學創作的活潑，也燃起紮實生活的快樂罷！

——一九九五・十・二十五　中國時報

好的起腳點

莊信正

作者文字修養很好，下筆不疾不徐，有分寸、有風采。「潮水墨藍如破曉前的天空，白浪鮮明地在深色布幕上暈開，一朵朵即開即謝的雪白浪花在高低湧動的黑色山丘上綻放」雖略帶翻譯口吻，但讀著穩實可喜。觀察力也相當銳敏。形容與丁挽遭遇的場景用了許多戰鬥（比武）的字眼，如「戰鼓」、「長劍」、「武士的劍」和「劍氣」等，同結尾所說人生就是掙扎的旨意相呼應。

敘述者把鏢投錯丁挽身體的部位，被海湧伯破口痛罵，而受創的大魚洶洶然要來復仇，在此千鈞一髮的當口，作者沒有忘記忙裡偷閒，掉轉筆鋒插寫：「粗勇仔站在海湧伯身後，想幫又幫不上忙，轉頭對我露出白皙的牙齒。」（後文情勢更危急的時候則提到「那是第一次我看到海湧伯慌張的神情。……粗勇仔……時常掛在臉上的笑容已經失去蹤影。」）

至終漁船與丁挽對決，後者「嚴厲的眼珠子從船欄格子中穿梭經過，像一個法官在檢視著甲板上的罪犯。」這種手法細緻而從容，顯示作者落筆時心目中歷歷看到想要刻畫的大小細節。這些細節近似小說。

另一方面，這篇散文最扎眼的弱點可能也就在於它讓讀者乍看就聯想到《莫比・迪克》（Moby Dick，或譯《白鯨記》）和《老人與海》（The Old Man and the Sea），甚至懷疑是受了這兩本小說名著的直接影響；它的題目也可以跟海明威的書同名。在鏢魚的那節文字裡，中鏢的凶猛白皮旗魚像梅爾維爾書中最後決戰時中叉的凶猛白皮鯨魚，海湧伯也令人記起艾哈伯（Ahab）。但作者參加文學大獎而這樣「冒大不韙」，其結果並不壞，至少表現了踏實的基本功力。據說他是一個新人，而且是年輕人；那麼，有了這個好的起腳點，我們可以預期他再接再厲，今後多走獨創的路子。

文章末尾明曉地說：「無論岸上或海上，生活確是一場生存的掙扎」。海湧伯在海上奮勇鏢魚，返回岸上卻無人能夠領略，剩下的只有鬥爭的尊嚴；他愛說的一句話是「無輸無贏啦！」大洋中永遠會有丁挽，人們也總會去尋捕。

文內若干公開說理部分平俗無奇，大可不必，好在不多。例如「旁觀者往往只注意結果而忽略了過程」這一句，不如以形象化文字處理。比較而言，接下去「離開澎湃海水後，丁挽和漁人都已失去了風采和美麗。粗勇仔站在丁挽身邊一臉徬徨」，便要生動有力一些。

我讀〈銀劍月光〉

潘弘輝

讀完刊登於六月七日的〈銀劍月光〉一文，深深被其優美的文字吸引，強烈的電影感把焦距一直鎖定在主題的呈現上。作者描出一幕簡單而樸素的場景，卻讓人印象深刻。

就表面上看來是描寫一連串出海捕釣的過程，但在其中卻有股張力，因為以海洋為題材的作品在台灣並不多見，所以當作者引領我們進入釣白帶魚的過程時，那種初次的驚奇與喜悅，自然成為吸引人的首要主因。主題扣在兩個線上，一是出海捕釣白帶的過程描述實感，另一則是附在過程

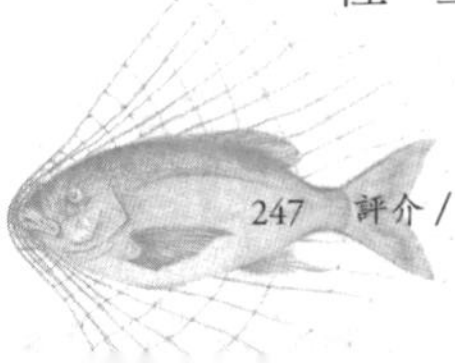

線上的，海湧伯對待魚族，面對海洋及生命的人生哲學與態度。

缺乏對海洋的熱愛，不足以寫出如此優美，令人低迴不已的文章，因作者對於白帶魚習性的瞭解觀察與他的海洋經驗，使得他的藝術成就令人讚賞。倘若做為一篇短篇小說來閱讀的話，先前以飛魚及「青背魚」為主場景海釣白帶暖身，結局之前寫魷魚與水母的部分，緩和沉澱了主場景的第一波精彩的高潮，節奏的放慢，鋪陳了最後一幕白帶魚群迴游將至的結尾，隱藏著的下一波的高潮，張力十足，讓人充滿了想像與強勁的力道，而留下對於這次隨作者出海捕釣的無限餘韻與遐想期待……

——一九九五．七．二　台灣時報

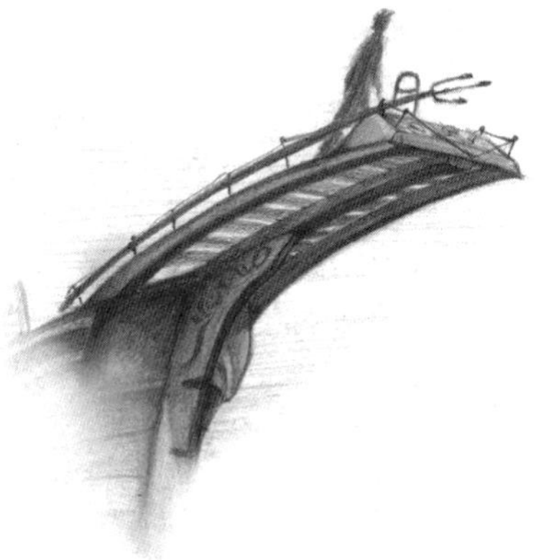

國家圖書館出版品預行編目資料

討海人／廖鴻基著. --二版. - 台中市：晨星，2013.04

面； 公分，——（自然公園；024）

ISBN 978-986-177-697-2（平裝）

855　　102003063

自然公園 24

討海人

作者　廖鴻基
主編　徐惠雅
校對　廖鴻基、徐惠雅
美術編輯　王志峯

創辦人　陳銘民
發行所　晨星出版有限公司
台中市407工業區30路1號
TEL：04-23595820 FAX：04-23550581
E-mail：service@morningstar.com.tw
行政院新聞局局版台業字第2500號
法律顧問　陳思成律師
初版　西元1996年6月30日
二版　西元2013年4月6日
西元2020年11月30日（五刷）

總經銷　知己圖書股份有限公司
106台北市大安區辛亥路一段30號9樓
TEL：02-23672044 / 23672047　FAX：02-23635741
407台中市西屯區工業三十路1號1樓
TEL：04-23595819　FAX：04-23595493
網路書店 http://www.morningstar.com.tw
讀者專線　02-23672044
郵政劃撥　15060393
戶名　知己圖書股份有限公司

定價250元

ISBN 978-986-177-697-2
Published by Morning Star Publishing Inc.
Printed in Taiwan

◆讀者回函卡◆

以下資料或許太過繁瑣，但卻是我們瞭解您的唯一途徑，

誠摯期待能與您在下一本書中相逢，讓我們一起從閱讀中尋找樂趣吧！

姓名：________________ 性別：□男 □女 生日： / /

教育程度：________________

職業：□學生 □教師 □內勤職員 □家庭主婦

□企業主管 □服務業 □製造業 □醫藥護理

□軍警 □資訊業 □銷售業務 □其他________________

E-mail：________________ 聯絡電話：________________

聯絡地址：□□□________________

購買書名：討海人

・誘使您購買此書的原因？

□於________書店尋找新知時 □看________報時瞄到 □受海報或文案吸引

□翻閱________雜誌時 □親朋好友拍胸脯保證 □________電台DJ熱情推薦

□電子報的新書資訊看起來很有趣 □對晨星自然FB的分享有興趣 □瀏覽晨星網站時看到的

□其他編輯萬萬想不到的過程：________________

・本書中最吸引您的是哪一篇文章或哪一段話呢？________________

・請您為本書評分，請填代號：1. 很滿意 2. ok啦！ 3. 尚可 4. 需改進。

□封面設計________ □尺寸規格________ □版面編排________ □字體大小________

□內容________ □文／譯筆________ □其他建議________

・下列書系出版品中，哪個題材最能引起您的興趣呢？

台灣自然圖鑑：□植物 □哺乳類 □魚類 □鳥類 □蝴蝶 □昆蟲 □爬蟲類 □其他________

飼養&觀察：□植物 □哺乳類 □魚類 □鳥類 □蝴蝶 □昆蟲 □爬蟲類 □其他________

台灣地圖：□自然 □昆蟲 □兩棲動物 □地形 □人文 □其他________

自然公園：□自然文學 □環境關懷 □環境議題 □自然觀點 □人物傳記 □其他________

生態館：□植物生態 □動物生態 □生態攝影 □地形景觀 □其他________

台灣原住民文學：□史地 □傳記 □宗教祭典 □文化 □傳說 □音樂 □其他________

自然生活家：□自然風DIY手作 □登山 □園藝 □觀星 □其他________

・除上述系列外，您還希望編輯們規畫哪些和自然人文題材有關的書籍呢？________

・您最常到哪個通路購買書籍呢？□博客來 □誠品書店 □金石堂 □其他________

很高興您選擇了晨星出版社，陪伴您一同享受閱讀及學習的樂趣。只要您將此回函郵寄回本社，或傳真至（04）2355-0581，我們將不定期提供最新的出版及優惠訊息給您，謝謝！若行有餘力，也請不吝賜教，好讓我們可以出版更多更好的書！

・其他意見：________________

晨星出版有限公司 編輯群，感謝您！

請填妥對折裝訂，直接投郵即可，免貼郵票

廣告回函
台灣中區郵政管理局
登記證第267號
免貼郵票

407
台中市工業區30路1號
晨星出版有限公司

請沿虛線摺下裝訂，謝謝！

晨星自然回函有禮，好書寄就送！

只要詳填《討海人》回函卡寄回晨星，並附寄40元回郵（寄書郵資），自然公園得獎好書《在鯨的國度悠遊》馬上送。

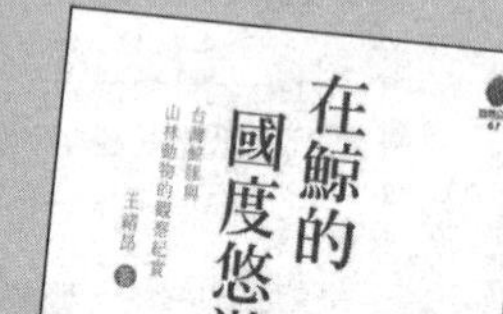

定價：200元

晨星自然

天文、動物、植物、登山、生態攝影、自然風DIY……各種最新最夯的自然大小事，盡在「晨星自然」臉書及晨星自然公園網站 msnature.morningstar.com.tw，歡迎您加入！

晨星自然網

晨星出版有限公司 編輯群，感謝您！

OCEAN

TAIWAN'S Ocean Literature

台灣海洋文學作家

廖鴻基

OCEAN

TAIWAN'S Ocean Literature

台灣海洋文學作家

廖鴻基